dtv

Reihe Hanser

Blogs, iTunes, Apps, social networks ...
89 Prozent der 14- bis 29-Jährigen gehören der Online-Community an. Für sie gibt es keinen Unterschied mehr zwischen on- und offline. Statt Zeitungen lesen sie Blogs, ihre Musik holen sie sich über iTunes und ihre Freunde aus Social Networks wie Facebook oder Lokalisten. Eine neue, digital geprägte Kultur ist entstanden und mit ihr die »Generation Internet«, die den Ängsten und Warnungen ihrer Eltern und Lehrer verständnislos gegenübersteht. Die Kluft zwischen »Digital Natives« und Erwachsenen wächst.
Dieses Buch wird mit einem veränderten Blickwinkel auf die digitale Welt helfen, die Kluft zu verringern.

Elke Reichart absolvierte die Deutsche Journalistenschule, arbeitete bei Tageszeitungen, beim ZDF und als freie Journalistin in Südafrika. In der *Reihe Hanser* erschien bereits »Bodytalk – Der riskante Kult um Körper und Schönheit« (dtv 62203, mit Andrea Hauner), und »Deutschland, gefühlte Heimat« (dtv 62347, mit Fotos von Doris Katharina Künster). Elke Reichart lebt mit ihrer Familie bei München.

Doris Katharina Künster studierte visuelle Kommunikation an der Hochschule für bildende Künste in Hamburg. Seit 1985 gestaltet sie als freie Fotografin und Grafikerin Buchumschläge und illustriert Bücher. Für die *Reihe Hanser* hat sie u.a. »Pole, Packeis, Pinguine – Leben im ewigen Eis« (dtv 62322) von Karoline Stürmer gestaltet und weitgehend bebildert. Dafür wurde sie für den Deutschen Jugendliteraturpreis nominiert.

elke reichart

gute-freunde-boese-freunde

leben im web

mit fotografien von
doris katharina künster

Deutscher Taschenbuch Verlag

Das gesamte lieferbare Programm der *Reihe Hanser*
und viele andere Informationen finden Sie unter
www.reihehanser.de

MIX
Papier aus verantwortungsvollen Quellen
FSC® C019821

Originalausgabe

Umschlag, Satz und Innengestaltung: Doris Katharina Künster
Gesetzt aus der Minion Pro und Myriad Pro
Druck und Bindung: Druckerei C. H. Beck, Nördlingen
Gedruckt auf säurefreiem, chlorfrei gebleichtem Papier
Printed in Germany • ISBN 978-3-423-62496-1

Das Bedürfnis, beachtet zu werden, ist nicht ein menschlicher Beweggrund unter anderen – es ist der Wahrheitsgrund aller Bedürfnisse.

T. TODOROV

Inhalt

elena margulis

Posten, Chatten, Taggen und Liken – allein unter Freunden

So viele kluge Bücher gibt es schon über die heutige, zu kapitalistische, wertelose, nach Geld süchtige, verzweifelte, sich nach Liebe sehnende, oberflächliche wie ehrgeizige, dabei faule, aber immer nach eigenen Vorteilen strebende Gesellschaft. Wie konnte es so weit kommen, dass wir zugleich risikoscheu und risikofreudig sind, aufmerksamkeitsgeil, belesen, aber dumm, schön und gleichzeitig hässlich?

Uuuuh … ich weiß es, ich weiß es!

Wir sind multiple Persönlichkeiten. Was früher als Krankheit galt, ist heute Lifestyle. Ich versuch es mal, anhand einer kleinen Geschichte zu erklären:
Jana Müller ist ein reizendes, schüchternes Mädchen, ist bei Büropartys nie dabei und fällt auch sonst nie sonderlich auf.
Kerstin Mauer, eine ihrer Arbeitskolleginnen, klickt eines Tages ihr Facebook-Profil. Die beiden befreunden sich, und siehe da: Jana Müller hat 681 Freunde, 200 getaggte Fotos, 50 hochgeladene witzige Youtube Videos und Statusnachrichten wie: »Hat gerade den besten Porno ihres Lebens gesehen!« (34 Kommentare), »Mein Chef ist ein Schwein, aber ich stehe auf Schweine!« (26 Kommentare).
Kerstin Mauer wundert sich, denn schließlich arbeitet sie schon seit fünf Jahren mit Jana zusammen, und so was hat sie von Jana bestimmt nicht erwartet.

Und am nächsten Tag im Büro sieht Kerstin Jana mit ganz anderen Augen. Sie fragt sich: Wer ist diese Jana Müller?
Landesgrenzen, Verhaltensgrenzen, Konsumgrenzen, Altersgrenzen kennen wir alle. Aber nun ist eine neue Grenze entstanden: die Grenze zwischen der Welt, in der wir aufwachen, arbeiten und feiern gehen, und der Welt, die Social Network (SN) genannt wird.

The World of Social Network, wie der Name schon sagt, verbindet und »connected«. Und das ist ja gut, denn alles verbindet sich: EU, der Binnenmarkt, Bologna Protokoll, WTO, unzählige Konzernfusionen und der ganze Kram. Anscheinend ist es das Ziel des 21. Jahrhunderts, sich zu vereinen. Anscheinend können weder die Wirtschaft noch Staaten oder Institutionen für sich und mit sich sein.
Wie soll es dann der Einzelne aushalten können? Fragen wir uns doch mal, ob die unzähligen Profile, die wir auf Social Network Seiten wie Facebook, MySpace, Lokalisten oder Twitter erstellen, wirklich wir sind? Wir »posten« unser ganzes Leben der Öffentlichkeit und bangen um jeden »Comment«, der zu unserem Leben abgegeben wird. Wir »taggen« uns in unseren Bildern, um den Schein zu wahren, wir seien auch im wirklichen Leben aktiv und haben wirklich viele Freunde, mit denen wir wirklich viel unternehmen. Wir »liken« alles Mögliche, von Statusnachrichten, Bildern, Beziehungsstatus bis Aufenthaltsorte, nur um zu zeigen, ich finde dich ein bisschen toll und dein Leben auch. Wir »chatten« mit Leuten, die wir ein einziges Mal im Leben gesehen

haben, wenn überhaupt, gratulieren ihnen zum Geburtstag auf der »Wall«, sagen aber, wenn wir ihnen über den Weg laufen, nicht einmal Hallo.

Wow … Ist das nicht ein bisschen bizarr? Sind wir wirklich so geil nach Aufmerksamkeit oder verzweifelt oder unbeschäftigt und gelangweilt?

Jana Müller würde sich im wirklichen Leben niemals trauen, den Kollegen zu sagen, dass sie auf ihren Chef steht. Im wirklichen Leben zieht sich Jana Müller zurück. Im wirklichen Leben riskiert sie lieber zu wenig als zu viel. Doch die SNs machen sie mutig und stark, und sie wird auf einmal zu einer risikofreudigen, geilen Sau.
Ja, Jana Müller ist eine wirklich Süße. Doch, ups, siehe da – einige getaggte Fotos von ihr sagen was ganz anderes: besoffen auf einer Party. Auf der Couch neben einem sich geil fühlenden Typen mit Zigarette und Doppelkinn im Spongebob Schlafanzug. Abrakadabra – und Jana Müller ist doch nicht so süß wie gedacht.

Wir können natürlich stolz sein, dass wir, die User, Leute wie Mark Zuckerberg (Facebook), Ehssan Dariani (StudiVZ) und andere Schöpfer von SNs in Rekordzeit zu Millionären gemacht haben. Aber wir sollten es mit unserem selbstlosen Handeln nicht zu weit treiben, einmal sollte der Zeitpunkt kommen, an dem wir den Finger vom Touchpad nehmen, das Notebook zuklappen und überlegen, wie weit die neue digitale Welt von unserer analogen Besitz ergreifen darf. Denn einiges an dieser neuen Welt finde ich schrecklich!

SNs sind geniale Erfindungen. Psychotherapeuten werden wahrscheinlich bald von SNs ersetzt werden, denn sie überwinden die soziale Abschottung und lassen uns Einsamkeit weniger spüren. Der Tag fängt gut an, wenn wir eine süße Nachricht von der richtigen Person erhalten oder eine Freundschaftsanfrage von unserem Flirt von letzter Nacht. Auf Blogs und auf Twitter wird das Leben der Stars und Sternchen unter der Lupe betrachtet, was zum erleichternden Fazit führt, dass sie auch nur Menschen mit Achterbahngefühlen sind, und das freut uns. Wir wollen nicht die Einzigen sein, die hin und wieder oder häufig leiden. Gossip gibt uns ein gutes Gefühl – eine kostenlose Therapie mit 24-Stunden-Garantie.

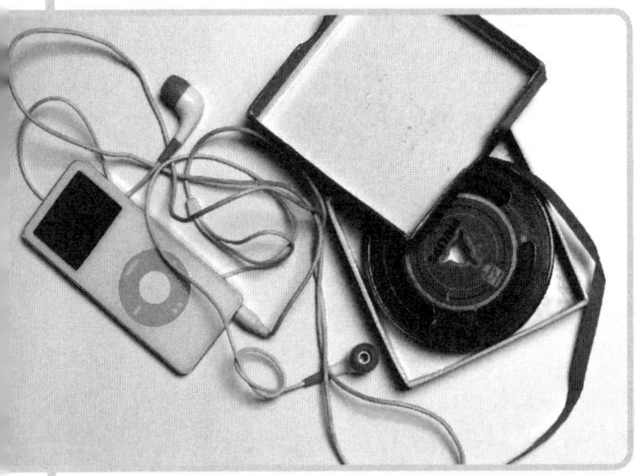

Alles ist schön und gut, aber fragen wir uns mal, ob der Preis dafür doch nicht ein wenig zu hoch ist? Oder fragen wir uns besser nicht, weil wir Angst vor der Antwort haben?

Eine Freundin von mir hat auf Facebook erfahren, dass ihr Freund mit ihr Schluss gemacht hat. Man könnte denken, dass dieser Mensch un petit peu Anstand besäße, wenigstens eine Nachricht zu schreiben. Nein! Nix da. Er hat einfach seinen Beziehungsstatus geändert und alle gemeinsamen Fotos gelöscht. Und dann Funkstille.

Ein Freund von mir hatte über StudiVZ mit einer ehemaligen Arbeitskollegin gechattet. Ok, ich gebe zu, ein wenig zu flirtich, wenn man bedenkt, dass er eine Freundin hatte. Aber trotzdem auf korrekter Basis. Sie haben sich nie privat getroffen und hauptsächlich über alte Zeiten, gegenseitige Anziehungskraft in der Vergangenheit und das übliche geredet. Seine Freundin, nennen wir sie Julia, kennt sein StudiVZ-Passwort. Sie hat die Nachrichten gelesen und schwuppdiwupp – es folgten Heulattacken, Beschimpfungen. Vertrauensbruch, ja sogar Untreue hat sie ihm vorgeworfen. Und dann: »Es ist aus! Ich kann dir einfach nicht mehr glauben!«

What? Also mal ehrlich, wäre es ihr lieber gewesen, wenn er sich mit der Frau auf einen Kaffee face to face getroffen und über Anziehungskraft und das Ganze geredet hätte?

Und hat sie nicht die Vertrauensbasis mit Erdbebenstärke fünf zerstört, indem sie sich aus Langeweile in seinen Account eingeloggt hat?

Es ist doch so: Kommunikation, die nicht von Angesicht zu Angesicht oder zumindest über das Telefon erfolgt, ist kodiert. So wie ein Arbeitszeugnis. Man sagt »nett«, meint aber »Arsch…«. Man meint »Ich will dich sehen«, aber verstehen tut der andere »Ich steh auf dich!«.

Es ist echt schwierig, das Gemeinte und das Geschriebene in einem Chatverlauf, einer Statusmeldung oder einem Posting richtig zu deuten. Man sieht, hört und fühlt oft was anderes, als wirklich gemeint ist. Man fängt an, zu viel zu interpretieren. Sagt dein Schwarm: »Süße …!«, dann schwebt man doch auf Wolke sieben.

Aber wie ernst gemeint ist in einer Welt, in der »Hey, Süße« schon die normale Anrede in einer halböffentlichen Smalltalk-Nachricht an der Facebook-Wall geworden ist? Jedes Wort, das wir lesen oder im geschützten Raum unseres eigenen Zimmers in die Tastatur direkt in die SN-Öffentlichkeit hämmern, sollten wir auf die Goldwaage legen. Und Langenscheidt sollte sich mal überlegen, ein Bedeutungswörterbuch »Deutsch – Social Network, Social Network – Deutsch« herauszugeben.

Mimik und Gestik sind die Basis eines Gespräches. Verhaltenspsychologen erkennen aufgrund des Kommunikationsverhaltens sofort die Schwächen und Stärken eines Menschen. Doch wie soll das bei SN funktionieren?! Natürlich gibt es Grundmuster, aber schlussendlich ist doch nicht nur das Wort das aussagekräftigste Statement, sondern auch das, was zwischen den Zeilen steht. Und wie soll man das erkennen?

Gesellschaftliche Regeln sind in unserer Gesellschaft fast ausgestorben. Ethisch verantwortliches Handeln wird seltener. Moral wird zum Fremdwort, und »Geben und Nehmen« wird zu »Nehmen und Nehmen«. Nur eine Regel haben wir beibehalten, aber in einer etwas abgewandelten Form: Teilen. Wir teilen viel – viel zu viel. Wir teilen einfach zu gerne, und vor allem haben wir ein immer stärker wachsendes Bedürfnis, der ganzen Welt mitzuteilen, was früher Teil unserer Privatsphäre gewesen ist.
Wir sind süchtig nach Teilen und danach, Teil des Geteilten zu sein. So sehr, dass es schon beinahe masochistisch ist. Das Teilen geht so weit, dass wir allem, was uns an Gefühlen überwältigt – von großer Freude bis zur tiefen Verzweiflung – auf zwei Ebenen ausgeliefert sind – einmal in der Realität und dann in der virtuellen Realität der Social Networks.

Wenn unser(e) Freund(in) uns nach einer langen Beziehung verlässt, dann leiden wir – natürlich. Wir heulen uns bei Mama, Freunden, Arbeitskollegen aus. Schimpfen, ziehen über ihn (sie) her. Wir sind verletzt. Diese extreme Phase dauert vielleicht zwei

Wochen. Und dann, als man anfängt, selber daran zu glauben, dass bald alles wieder gut ist, dann schaut man auf Facebook und schwuppdiwupp fällt man wieder zurück auf Los.
Dein(e) Exfreund(in) hat den Beziehungsstatus auf Single geändert. Und dieses Gefühl, dass es auf einmal ganz offiziell ist, dass nun jeder davon weiß, macht dich zu einem(r) zitternden, nach Atem ringenden, heulenden EX. Alles ergibt auf einmal keinen Sinn mehr. Man stellt die ganze Beziehung infrage. Wie, was, warum, wieso quälen dich. »Hat er (sie) mich denn überhaupt geliebt?!«
Plötzlich hat man das absurde Gefühl, dass das Schlussmachen auf Facebook viel intensiver und verletzender ist. Weil es öffentlich ist. Das, was zwischen zwei sich einmal liebenden Menschen passiert, wird kommentiert. Es wird gehätschelt, aufgebaut und aufgebauscht, getuschelt, geflirtet.
Vor allem denkt man vielleicht auch drüber nach, dass jetzt die Bahn für andere Kandidaten(innen) frei ist. Also stalkt man seinen Expartner. Was passiert in seinem (ihrem) Leben? Wer postet, wer schreibt, wer kommentiert? Auf welche Partys geht er (sie)? Wie viel neue Freunde hat er (sie)? Woher kennt er (sie) diese Menschen?
Kopfsausen. Gedankenbrausen. Seelenknast.

Versetzen wir uns kurz in die Zeit zurück, als es nur eine Lebensebene gab, die man durchlaufen musste, das normale Aktions-Reaktionsschema: »Kneifen-Spüren-Blauer-Fleck-Schema«.Die Zeit, als es den Zeitkiller SN noch nicht gab, wo Menschen direkt kommunizierten, ohne Mitleser, die über den »Gefällt mir!«-Button auch noch Wertungen abgeben. Wo die schlimmste Methode des Schlussmachens das Telefon war. Wo die Außenwelt die Welt hinter der verschlossenen Tür war, wo Freunde Freunde waren und Liebe Zweisamkeit bedeutete.
War das nicht schön?!

War das nicht schön, Zettelpost im Klassenzimmer zu kriegen mit »HDGDL«?
War das nicht schön, mehr Zeit mit deinen wahren Freunden zu verbringen als im Chat mit Unbekannten?
War das nicht schön, Erinnerungen Erinnerungen sein zu lassen und nicht immer neu zu leiden, weil das Verlorene, Zerbrochene, Verspielte wieder und wieder vor deiner Nase auftaucht?
War das nicht schön, dass manchmal niemand wusste, wo du dich aufhältst oder was du denkst?

Als Kind habe ich es geliebt, mich zu verstecken. Einen Ort zu suchen, wo mich für kurze Zeit niemand finden konnte. Dann habe ich mir in mein kleines Fäustchen gelacht und mich gefreut.
Als ich größer wurde, habe ich angefangen, Tagebuch zu schreiben. Das war für mich ein Ort, wo ich keine Angst haben musste, meinen Gedanken, meinem Schmerz und meiner Freude freien Lauf zu lassen. Ich habe mich nicht schämen müssen, dass ich irgendwas Falsches oder Übertriebenes dachte. Als Teenager war Lyrik für mich der kodierte Gefühlsausbruch für alles. Ich habe Worten Stimme gegeben. Es klang schön. Und diese Schönheit hat andere zum Nachdenken angeregt. Aber niemand wusste, was sich wirklich hinter diesen Worten verbarg. Meine Geheimnisse. Meine Gedichte.
Und heute? Man lüftet wie selbstverständlich seine intimsten Gedanken. Ich kenne fast niemanden mehr, der seinen eigenen geheimen Ort hat. Es ist alles überschaubar geworden. Aber nicht einfacher. Jeder weiß über jeden Bescheid: »Du bist doch

der, der mit einem Freund von einem Freund von mir im Urlaub war.« – »Deine Eltern haben sich doch scheiden lassen?!« – »Du machst doch gerade Praktikum bei BMW!« – »Du studierst doch in Berlin!?«
Kenn ich dich? Woher weißt du das?
Wie weit geht die Information über unsere vier Wände hinaus. Wie »connected« sind wir wirklich? Nur weil ich mit dir auf einer der Plattformen befreundet bin, heißt das, dass du dann all diese Informationen besitzt und kommentieren darfst? Information ist Macht, Macht über mich. Und du weißt zu viel …

Es bleiben letzte Fragen: Sind SNs ein Übel? Oder ist die Veränderung in unserem Leben durch SN zu groß und zu neu, als dass wir damit korrekt umgehen könnten? Schaden wir uns selbst? Immer wieder? Sind wir einfach noch nicht bereit für diesen Fortschritt?
Ich glaube, dass wir uns Hals über Kopf in ein neues Land gestürzt haben, für das es noch keinen Reiseführer gibt. Und jetzt stecken wir mittendrin und müssen uns schneller anpassen, als uns recht sein kann. Wir sind einerseits erschreckt, wie sehr diese neue Welt unser Denken, Fühlen und Handeln beeinflusst, und andererseits dankbar. Dankbar für die Möglichkeit der globalen Kommunikation und für die Flatrate.
Wir begreifen langsam, was und wie wichtig Privatsphäre ist. Jetzt müssen wir nur noch lernen, sie richtig zu schützen.

johannes boie

Gute neue Freunde – ein Plädoyer

»Wer jedermanns Freund sein will, ist der meine nicht.« – Molière, Der Menschenfeind.

Und, wie viele Freunde haben Sie so? Also, während ich dies schreibe, habe ich 316 Freunde. Neulich waren es noch 300, aber ich habe innerhalb einer Woche 16 neue Freunde gewonnen. Wenn das so weitergeht, habe ich allen Grund zur Beunruhigung. Denn in ungefähr fünf Jahren werde ich, wenn das bei diesem Tempo bleibt, keine neuen Freunde mehr bekommen können. Dann ist das Maß voll, ich werde 5.000 Freunde haben. Und dann ist Schluss, und zwar endgültig. Sagt wer?

Sagen die Programmierer von Facebook, dem beliebtesten sozialen Netzwerk im Internet, einer Webseite, auf der nach Angaben des Unternehmens über 700 Millionen Menschen sich selber auf einer Profilseite präsentieren und mit anderen Menschen interagieren. Diese Menschen heißen »Freunde«, und jedes Facebook-Mitglied kann bis zu 5.000 davon haben. Das klingt seltsam, sehr sogar. Einerseits, weil man nicht weiß, was die dümmere Vorstellung ist: Dass ein Mensch 5.000 (oder auch nur 300) andere Personen als »Freunde« bezeichnen können sollte. Oder dass Software eine Beschränkung auferlegt, wann es genug ist, mit den Freunden.
Vor allem die zuerst genannte Tatsache hat vermutlich zahlreiche Feuilletonisten dazu bewegt, ihren Sekretärinnen bei einer

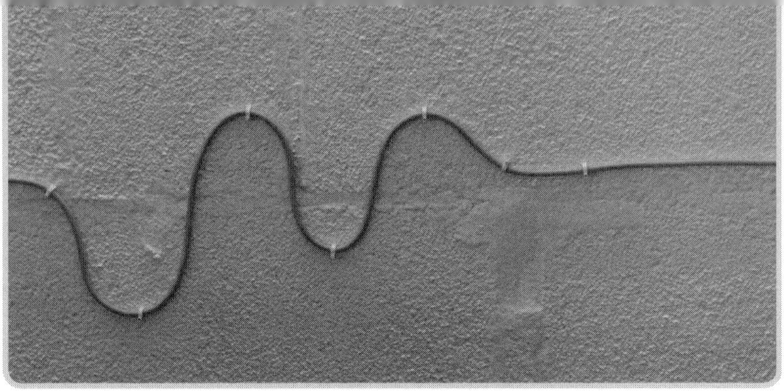

gemütlichen Pfeife eine kurze Abhandlung (200 Seiten) zur Entwertung des Begriffes »Freund« in die Schreibmaschine zu diktieren, jedenfalls konnte man in den vergangenen Monaten ähnliches immer wieder lesen.

Das ist natürlich Blödsinn.

Der exzessive Übergebrauch eines Wortes entwertet das Wort nicht, er verändert es höchstens. Auch dies scheint, soweit man dazu bislang urteilen kann, nicht zu geschehen. Ganz im Gegenteil: Viele Facebooknutzer sprechen, in den USA wie in Deutschland, von »Facebook-Friends« beziehungsweise von »Facebook-Freunden«. Sie machen den Unterschied zwischen realer Freundschaft und virtueller Verbundenheit deutlich. Und sie wünschen ihn sich. Kaum ein Facebook-Nutzer wird tatsächlich glauben, 1.000 Freunde zu haben. Die Kritiker haben die Masse (mal wieder) unterschätzt. Digitale Beziehungen sind eine Bereicherung zu bestehenden Freundschaften. Und sicher werden bestehende Freundschaften durch die digitalen Möglichkeiten verändert. Was sicher nicht stattfindet, ist dagegen ein grundsätzlicher Verlust an Tiefe und Bedeutung in und von Freundschaften.

Dennoch stellt sich abseits der Debatte um Begrifflichkeiten die Frage, wie das Internet unsere sozialen Bindungen verändert hat. Nicht umsonst spricht man in Bezug auf die interaktiven Netz-

werkstrukturen, die sich mit Seiten wie Facebook in den letzten Jahren im virtuellen Raum etabliert haben, auch vom »Sozialen Netz«.

Die vielleicht offensichtlichste Veränderung ist, dass Kontakte, die eigentlich per se endlich sind, viel länger halten als früher. Urlaubsbekanntschaften etwa, oder Freunde, die Jugendliche beim Schulaustausch kennenlernen. Dabei spielt die zwanglose Atmosphäre auf den Netzwerkseiten eine grundlegende Rolle. Aktive Zuwendung zu einer bestimmten Person wird nicht unbedingt verlangt, um den Kontakt am Leben zu halten. Vielmehr ist es durch das ständige Updaten des eigenen Profils möglich, andere Menschen auf dem Laufenden über das eigene Leben zu halten, ohne sie – wie etwa das Senden einer E-Mail es tun würde – zur Reaktion zu zwingen. Eine Netzwerkfreundschaft muss nicht viel mehr bedeuten als eine ständige Erreichbarkeit für Menschen, die man einmal im Leben als »Freund« (im digitalen Sinn) definiert hat. Durch die freiwillige, aber andauernde Teilnahme am Leben des anderen, bleibt man nicht nur ein Teil dessen sozialen Umfelds, sondern auch in seiner virtuellen Umgebung verankert. Ein Austauschfreund aus den USA auch nach dem Austausch noch als Facebookfreund zu haben, bedeutet nämlich auch, dass man an der nordamerikanischen Kultur, an der Sprache, am Leben dort viel mehr Teil hat, als das noch vor wenigen Jahren der Fall gewesen wäre. Wer aus der Generation der heute 50-Jährigen hat noch Kontakt zu Schulfreunden?

Das ist bereits heute, sofern sie sich nicht bewusst dagegen entschieden haben, für die Generation der 25-Jährigen anders. Ihre Schulfreunde sind wesentlich schwerer abzuschütteln. Im Facebook-Sinn sind sie in den allermeisten Fällen wirklich »Freunde fürs Leben.«

Weniger offensichtlich, aber im Leben des Einzelnen ein noch prägenderer Effekt ist die Verschmelzung von Lebenswelten, die durch soziale Netzwerke forciert wird. Während wir im realen Leben unsere verschiedenen Identitäten zum Beispiel als Arbeitnehmer, Sportler, Partygänger, Familienvater, Chef und Fußballfan – falls notwendig – sorgfältig trennen können, verschmelzen all diese Aspekte unserer Persönlichkeit in einem sozialen Netzwerk. Nur mit hohem technischem Aufwand und sehr viel Arbeit können Arbeitskollegen dauerhaft davon abgehalten werden, die Kommentare der Sportsfreunde zu sehen, oder die Bilder von der letzten Party, die ein Dritter ins Netz gestellt hat. Dadurch ändern sich auch unsere Bindungen zu anderen Menschen, zuallererst jene zu Menschen, die wir auch im realen Leben als »unsere Freunde« bezeichnen würden. Ihnen wird Toleranz und Verständnis abverlangt, sie müssen sich als wahre Freunde beweisen. Wenig praktikabel erscheint in diesem Zusammenhang der von Google Chef Eric Schmidt vorgebrachte Vorschlag, Jugendlichen mit dem Eintritt ins Erwachsenenalter die Möglichkeit zu geben, ihren Namen zu ändern, um die digitalen Peinlichkeiten aus der Zeit ihrer Jugend verwischen zu können. Nein, das ist keine Lösung – Facebook-Freunde, überhaupt Weggefährten, die einen digital im Leben begleiten, müssen stattdessen damit klarkommen, dass ihr neuer Freund eine digitale und reale Vergangenheit haben könnte, die ihnen nicht gefällt.

Gleichzeitig verschwimmen die Grenzen zwischen der virtuellen Welt und der realen immer mehr. (Allein die Begrifflichkeit »real« ist bereits fraglich – denn genau genommen ist das Virtuelle ja auch real.) Nachdem immer mehr Menschen immer öfter online sind, besteht Kommunikation zwischen Freunden immer öfter dauerhaft. In der Generation der 15- bis 25-Jährigen ist es durchaus normal, (kostenlose) Telefonsoftware wie das Programm Skype über Stunden als Standleitung zu einem Freund zu nutzen. Dabei muss nicht unbedingt die ganze Zeit gesprochen werden – es reicht, den Freund über dessen Webcam auf dem Bildschirm zu haben und seiner Stimme und seinen Aktivitäten jederzeit über die Computerlautsprecher lauschen zu können. Diese Möglichkeit, über eine digitale Leitung Stunden miteinander zu verbringen, festigt und hält Freundschaften auf dauerhafte Weise über Distanzen, die noch vor wenigen Jahren notdürftig mit rauschenden Leitungen und zu horrenden Kosten überbrückt werden mussten. Gleichzeitig entwickeln sich enge Freundschaften in einem digitalen Umfeld zu einer dauerhaften Begleitung. Auf Mobiltelefonen mit Internetzugang sind die Freunde quasi in der Hosentasche des Telefonbesitzers dabei. Die bloße Möglichkeit eines Anrufs genügt den Netzjunkies nachwachsender Generationen längst nicht mehr:

Das, was passiert (ist), zu erzählen ist schließlich umständlich, subjektiv massiv verzerrt (was das kleinste Problem darstellt), auf wenige Personen beschränkt und zudem auch noch zeitlich verzögert. Wie viel mehr sagt ein Foto der eigenen Person mit einem zufällig getroffenen Hollywoodstar, nur Sekunden nach der Begegnung für alle Freunde im Netz verfügbar, als ein Anruf zwei Stunden später? Wie viel einfacher lässt sich ein Unfall in Videoform beschreiben als in einem Gespräch? Die Multimedialität der Eingabe- und Aufnahmegeräte und die dauerhafte Anbindung ans Netz bedeuten eine größtmögliche Reduktion von zeitlicher Verzerrung und stellen gleichzeitig sicher, dass das Medium dem Ereignis angemessen ist. Sind beide Faktoren erfüllt, erfährt ein Erlebnis im Freundeskreis größte Aufmerksamkeit. Das Miterleben bringt Freunde näher zusammen, auch über große Distanzen.

Gleichzeitig entsteht aus dem Wunsch, beiden Faktoren möglichst perfekt gerecht zu werden, eine Konkurrenzsituation. Insbesondere in Freundeskreisen mit jungem Altersdurchschnitt, in denen das digitale Leben weniger ein Spiegel des realen ist, sondern in eine kunstvolle Inszenierung der eigenen Person umschlägt, kann diese Konkurrenz auch Freundschaften zerstören. Eine übermäßige Nutzung der digitalen Kommunikationskanäle und aufkommende Konkurrenz kann bis zum Ende von Freundschaften führen. Das ist dann jedoch weniger ein internetspezifisches Problem als ein individuelles der jeweiligen Beziehung – auch offline beenden Konkurrenz, Neid und Eifersucht viele Freundschaften. Das Internet fördert diese Probleme nicht. Es bietet nur in manchen Fällen einen weiteren Anlass für sie, eine Freundschaft zu zerstören.

Ein Nebeneffekt der gesamten Entwicklung ist, dass Freundschaften mehr und mehr auf Technik angewiesen sind, um zu

bestehen. Während kurzfristige technische Unerreichbarkeit aufgrund von defekten Leitungen oder Zentralcomputern eher ein nerviges, aber temporäres und damit vernachlässigbares Problem ist, kann dauerhaftes Offline-Sein sehr wohl Freundschaften beenden, Wachstum von Beziehungen in Intensität und Dauer verhindern und gleichzeitig den Zugriff auf soziale Ressourcen schmälern. Dem Netzwerk selber schaden Abstinenzler dagegen nicht – jeder Teilnehmer ist ersetzbar. Es leidet, wenn auch unbewusst oder gar aus Überzeugung, nur derjenige, der sich von der sozialen Interaktion fernhält. Demjenigen entgehen Vorteile, die sich teilweise in Geld, fast immer aber in sozialem Mehrwert bemessen lassen.

Denn digital organisierte Freundeskreise sind erstaunlich effizient, wenn es um Hilfe für Einzelne geht. Man kann diesen Effekt am besten mit ein paar Fragen an sich selber testen: Würde man lieber zu einem Arzt gehen, den ein Freund oder der Freund eines Freundes empfohlen hat – oder zu einem, den man aus den Gelben Seiten herausgesucht hat? Vertraut man bei der Wohnungssuche in einer fremden Stadt eher den Empfehlungen von Freunden von Freunden, die schon lange in der Stadt

wohnen, oder einem Makler? Dass die meisten Menschen sich für die Freundesvariante entscheiden, liegt an einem sozialen Filtermechanismus. Obwohl der Makler die Stadt ebenso gut kennt, obwohl die Gelben Seiten nur praktizierende Ärzte auflisten, ist das Vertrauen in den Freundeskreis höher, schließlich teilt man mit Freunden oft Meinungen, kann sie gut einschätzen und weiß, dass sie am Wohlergehen des anderen interessiert sind. (Anders als zum Beispiel der Makler.) Die Ressource Freunde von Freunden ist online per Mausklick herzustellen und wächst mit jedem gewonnenen Facebook-Freund um ein Vielfaches an. Wer ein paar hundert Facebook-Freunde hat, hat mit einiger Wahrscheinlichkeit im Freundeskreis der direkten Freunde Kontakte auf mehrere Kontinente und in viele hundert Städte, aber auch in die verschiedensten Branchen und sozialen Milieus. Gleichzeitig garantiert die Verbindung über eine in der Regel persönlich bekannte Person, dass zumindest eine grundsätzliche Übereinstimmung in Meinung und Weltanschauung wahrscheinlich ist.

Für bestehende Freundschaften sind soziale Netzwerke also eine Bereicherung. Für neue Freundschaften ein Faktor, der zu einer schnelleren Vertiefung und erhöhter Wahrscheinlichkeit für eine dauerhafte Beziehung führt. Was aber ist mit Freundschaften, die ausschließlich online bestehen? Online zustande kommen, und ausschließlich online existieren? Freundschaften von Menschen, die sich nicht kennen: Sie treffen sich eher in

digitalen Clans und Gilden, also Spielergruppen in Online-Spielen. Und in den allerhäufigsten Fällen teilen sie nicht viel mehr als die Vorliebe für ein bestimmtes Computerspiel. Dementsprechend sind diese Freundschaften erfahrungsgemäß instabiler als die Kontakte in sozialen Netzwerken. Wer sich im realen Leben nicht oder niemals trifft und sich nicht auch über ein soziales Netzwerk befreundet, wird über kurz oder lang auch im digitalen Leben den Kontakt zueinander verlieren. Spätestens dann, wenn sich die gemeinsame Zeit beim Computerspielen dem Ende zuneigt, weil einer das Interesse am Spiel verliert.

Wohin das alles in Zukunft führt, lässt sich heute nicht sagen. Die Verschmelzung von virtueller und realer Welt ist ein Prozess, der niemals abgeschlossen sein wird. Im Moment ist Facebook unter den sozialen Netzwerken der Marktführer, und auch wenn problematische Privatsphären-Einstellungen und datenschutzrechtliche Bedenken Facebook zu Recht bisweilen ins Zwielicht rücken, gibt es zu einer Registrierung auf dem Portal für die wenigsten Menschen derzeit eine echte Alternative. Wer einmal dabei ist, wird seine eigene Antwort auf die Frage finden, wie soziale Netzwerke Freundschaften verändern und das eigene Leben beeinflussen. Sie wird so individuell ausfallen wie die eigene Nutzung der Webseite. Mit an Sicherheit grenzender Wahrscheinlichkeit aber wird die Bewertung positiv ausfallen. Die neue Welt digitaler Freundschaft ist eine wundervolle Bereicherung.

dominik orth

Ohne Freunde –
Ein Monat ohne Facebook

Wie findet man heraus, wie eng die Bindung eines Menschen an Social Media im Allgemeinen und Facebook im Besonderen ist? Indem man sie kappt.

Dominik Orth, Zielgruppen-Forscher bei Rod Kommunikation in Zürich, berichtet über ein einmaliges Experiment, die Studie »Facebookless«. Alles begann mit einem Eintrag auf Facebook.

Der Anfang

»Gesucht: Facebook-Junkies in der deutschen Schweiz, die 300 Franken verdienen möchten!«, setzte ich ins Social Net, und sofort signalisierten über 100 Personen ihr »Gefällt mir«. Wenige Tage später ließ ich die Katze aus dem Sack: 300 Franken, aber nur gegen 30 Tage Facebook-Entzug.
Kurze Schockstarre, dann meldeten sich meine neuen FreundInnen wieder. Mit Kommentaren, Absagen, Fragezeichen und – letztendlich dann doch – 50 Zusagen.

Interessant waren die Gründe für die Studien-Absage.
Zum Beispiel:

»Auf so ein Experiment lasse ich mich nicht mal für 3.000 Franken ein. Bei 30.000 Franken können wir eventuell darüber reden.«

»Sorry, aber ein Monat ohne Facebook macht mich einfach nicht an. Ich brauche es als Kommunikationsmittel mehr als mein Handy.«

»Bin grad auf Jobsuche, und so kann ich nicht auf Facebook verzichten momentan.«

»Kann nicht, muss was mit meinem ›Chick‹ in Ordnung bringen. Wir kommunizier(t)en viel über Facebook.«

Mit den Adressen von und Informationen über 50 Facebook-NutzerInnen zwischen 17 und 52 Jahren startete ich im Oktober 2009 die Untersuchung, wie Menschen auf den Entzug ihres geliebten Netzwerks reagieren. Jeden Tag sollten sich die Teilnehmer einmal bei mir melden und über eventuelle Sucht-Symptome berichten.

30 Tage lang die Frage: Was passiert, wenn man den Süchtigen ihren Stoff wegnimmt?

Die Schweizer Werbeagentur Rod Kommunikation hat die Studie »Facebookless« konzipiert und finanziert. Die Agentur legte schon immer Wert darauf, einen »Riecher für relevante Themen« zu haben – mit dieser Zielsetzung war klar, dass wir um Facebook nicht herumkommen würden. 20 Millionen User in Deutschland, 2,5 Millionen in Österreich, 2,6 in der Schweiz, 700 Millionen Anwender weltweit (Stand: Juni 2011), jeden Tag Tausende von neuen FreundInnen: Aus dem Strohfeuer ist ein Flächenbrand geworden. Als dann auch noch bekannt wurde, dass allein die Schweizer NutzerInnen durchschnittlich 25 Minuten pro Besuch auf Facebook verbringen und das Portal zu 82 Prozent wöchentlich und zu 49 Prozent sogar täglich nutzten, wurde es auch dem letzten Werbefachmann klar, dass man um dieses Medium nicht herumkommen würde.

Ich selbst war zum Zeitpunkt der Umfrage 31 Jahre und erst eineinhalb Jahre vorher zu Facebook gestoßen, ohne großen Enthusiasmus. Während meiner Studienzeit – ich habe Sozial- und Wirtschaftspsychologie mit den Nebenfächern BWL und Kriminologie abgeschlossen – hatte ich mich bei StudiVZ angemeldet, später während meiner Arbeit als Research Consultant auch bei Xing. Aber keines der Portale wurde von mir besonders gepflegt. Ich ziehe nach wie vor 1:1 Kontakte vor, schaue den Leuten beim Reden gern in die Augen, sitze lieber mit ihnen zusammen.

Ich habe drei sehr gute Freunde: einen aus Kindertagen, einen aus der Teenager-Zeit (diese zwei kenne ich fast besser als meine Familie) und einen »neuen«. Alle drei sind mir unglaublich wichtig, alle drei sind in Facebook, aber wir posten uns nie – stattdessen treffen wir uns, wir telefonieren oder mailen. Was in Facebook läuft, würde ich nicht Freundschaft nennen, eher »added value«: Informationen über das, was die anderen machen, wie es denen geht. Ich ändere meinen Status nur, wenn ich längere Zeit auf Reisen bin – auf keinen Fall äußere ich mich zu persönlichen Dingen, wie ich mich fühle, wie meine Beziehung läuft oder so was. Ich könnte definitiv ohne Facebook leben: »nice to have«, mehr nicht.

Mit dieser eher distanzierten Einstellung begann ich das Projekt. Drei Monate und Hunderte von Interview-Stunden später hing ich völlig erschlagen in meinem Stuhl und dachte nur noch: »Wow! Was für ein Wahnsinns-Portal!! Das wusste ich ja gar nicht!!«

Phase Eins: Das Interview vor dem Entzug

Facebook hatte seinen festen Platz an zwei bis drei Tageszeiten im Leben »meiner« Studienteilnehmer. Für die meisten war die Nutzung ritualisiert:

»Facebook schleicht sich langsam und unbemerkt in deinen Alltag ein, und man verwendet eigentlich fast ungewollt immer mehr Zeit dafür.«
24, männlich

»Ich will am Morgen einfach nur schnell wissen, was über Nacht so gelaufen ist.«
27, männlich

»Mich interessiert Facebook mehr als das, was in der Welt passiert. Deshalb lese ich am Morgen gar keine konventionelle Zeitung mehr.«
31, männlich

Abends wird Facebook am längsten und intensivsten genutzt, oft parallel zu anderen Medien:

»Ich komme nach Hause und das Erste, was ich mache, ist meinen Laptop einzuschalten. Dann gebe ich meinen Katzen zu fressen, hole mir ein Glas zu trinken, und währenddessen ist mein Computer hochgefahren, sodass ich mich nun direkt auf Facebook einloggen kann.«
21, weiblich

»Bevor ich ins Bett gehe, gehe ich zu 90% noch kurz auf Facebook. Früher hat man noch den TV angemacht oder Musik gehört, heute ist es halt Facebook.«
31, weiblich

»Häufig schaue ich abends TV und surfe gleichzeitig auf Facebook.«
23, männlich

Ein großer Teil der StudienteilnehmerInnen bezeichnen sich als passive Facebook-Besucher. Sie sind nicht so sehr daran interessiert, eigene Inhalte zu produzieren, sondern möchten wissen, was die anderen so machen – »soziale Aktualitätsjunkies«. Für auffallend viele Freunde ist es gang und gäbe, gerade neue Bekanntschaften gründlich auszuspionieren:

»Vor einem Date ist es Pflicht, den Typen auf Facebook auszuchecken. Postet er z. B. nur inhaltlosen Schrott oder hat das Witz und Stil?«
28, weiblich

»Mir wird es im kommenden Monat fehlen, dass ich meine Ex-Freundin nicht mehr ausspionieren kann und nicht mehr mitbekomme, was in ihrem Leben so läuft.«
27, männlich

Ein Teil der Befragten nutzt die Möglichkeit, sich innerhalb ihres Netzwerkes möglichst gut zu präsentieren:

»Ich poste vor allem dann viele Status-Updates, wenn ich mit meinem Sohn unterwegs bin. Zum Beispiel: ›… bewundert mit seinem Sohn den Zeppelin im Technorama.‹ Wenn ich ehrlich bin, geht es darum, meinem Netzwerk zu vermitteln, dass ich ein guter Papa bin.«
41, männlich

»Facebook ist eine Art öffentliches Tagebuch von mir geworden: Ich schreibe alles in meinen Status, z. B. auch, wenn ich grad wieder mal meine Wohnung putze.«
21, weiblich

Und schließlich bei einigen eindeutige Suchtkriterien:

Einengung des Verhaltensraums:

»Ich verbringe seit Längerem einen Großteil meiner Freizeit auf Facebook.«
21, weiblich

Kontrollverlust:

»Aus Schnell-mal-Schauen wird meist dann doch fast eine Stunde.«
17, weiblich

Toleranzentwicklung:

»Die Zeit geht oft megaschnell vorbei, und ich merke dann nach ein paar Stunden, dass ich gar nicht so lange drauf sein wollte. Ich habe mir auch schon überlegt, einen Timer zu stellen, sodass man auch noch Zeit für andere Dinge hätte.«
19, männlich

Entzugserscheinungen:

»Ich verspüre den konstanten Drang, auf Facebook zu gehen und zu checken, was passiert ist und ob ich irgendwelche Nachrichten erhalten habe.«
21, weiblich

Negative soziale und personale Konsequenzen:

»Ich bin wegen Facebook schon oft zu spät zu meinen Verabredungen gekommen.«
17, weiblich

Grundsätzlich waren die meisten StudienteilnehmerInnen dem 30-Tage-Facebook-Entzug gegenüber positiv eingestimmt:

»Wie eine Art Saftkur: verzichten und gesünder herauskommen! Ich erhoffe mir Heilung.«
31, männlich

»Ich freue mich auf die Chance, denn ich bin nicht glücklich über meine Abhängigkeit.«
23, weiblich

»Ich hoffe, in dem Monat wieder etwas mehr zu mir selbst zu finden.«
28, weiblich

»Wie werde ich mit der Einsamkeit umgehen?«
31, weiblich

»Ich freue mich auf diese Zeit, es gibt mir das Gefühl, irgendwie frei zu sein. Ich fühle mich durch Facebook auf eine Art überlastet.«
19, männlich

Aber es gab auch Ängste, nicht nur vor der Langeweile:

»Gefühl, nicht mehr dazuzugehören, aus dem Kreis raus zu sein.«
31, männlich

»Ich habe von vielen Leuten gar keine Handynummer oder Mailadresse!«
23, weiblich

»Es wird mir sehr fehlen, dass ich meinen Voyeurismus nicht mehr ausleben kann.«
23, weiblich

Die Passwort-Übergabe

Meine StudienteilnehmerInnen mussten mit ansehen, wie ich ihr Allerheiligstes, das Passwort, abänderte und so Herr über ihre Accounts wurde. Ich fragte sie, wie sie sich in den ersten Sekunden Facebookless fühlten:

»Ich habe ganz feuchte Hände, wenn ich nun weiß, dass ich zum letzten Mal drauf bin.«
31, weiblich

»Ich hab grad das Gefühl, dass ich ein Drogenentzugsprogramm starte und soeben meine Seele verkaufe.«
27, weiblich

»Wie wenn ich eine Zeit lang meinen Hund nicht sehe – Wehmut macht sich breit.«
31, männlich

»Vergleichbar, wie wenn man einem kleinen Kind mitteilt, dass seine Mutter gestorben ist und es sich seiner Lage noch nicht bewusst ist.«
21, weiblich

»Wie wenn ich mein Tagebuch aus der Hand geben würde.«
21, weiblich

»Wie beim Zoll am Flughafen, wenn man die Wertsachen abgeben muss. Man weiß, dass man alles gleich wieder bekommt. Trotzdem bleibt ein Gefühl der Unsicherheit.«
19, männlich

Phase Zwei
Der 30-tägige Entzug

Während ihrer Abstinenz sollten mir meine Probanden täglich eine Status-Meldung schicken. Oder eine Zeichnung. Oder eine Collage. Irgendetwas, damit ich mir ein Bild machen konnte, wie es ihnen gerade ging. Um der Sache ein wenig Nachdruck zu geben, hatte ich die Zahlung des »Honorars« gestaffelt – für das erste Interview gab es 80,– Schweizer Franken, 100,– waren für das letzte Gespräch in Aussicht gestellt und für jede einzelne Statusmeldung 4,– Euro. Alle drei Tage machte ich mich dann daran, die gesammelten Werke zu lesen:

»Ich habe in der Nacht von Facebook geträumt! Muss ich mir Sorgen machen?«
31, weiblich

»Ohne Facebook ist es, als ob alle auf Klassenfahrt wären ohne mich – fühle mich total ausgeschlossen.«
27, weiblich

»Heute habe ich fast nicht an Facebook gedacht, bis mich gewisse Leute gefragt haben, ob ich nicht zu dieser oder jener Party käme und ich darauf geantwortet habe, dass ich nichts davon wüsste. Selbst schuld, wenn du nicht mehr auf Facebook bist, kam die Antwort postwendend.«
26, weiblich

»Wie lange geht das denn noch? Vorwürfe von allen Seiten, dass ich nicht mehr online bin … Zum Glück ist es kein Schrecken ohne Ende. Alles wird gut.«
31, männlich

»Es ist unglaublich, meine Facebookless-Zeit schlägt riesige Wellen. Freunde aus New York kontaktieren mich sogar und wollen wissen, ob ich mich unflätig verhalten habe und deshalb gesperrt wurde. Weiterhin muss ich mir wahnsinnig viele Witze anhören, und die Leute behaupten, sie würden extra Gruppen bilden, nur, damit ich etwa verpasse. Dabei vermisse ich es nicht so extrem. Mir kommen zwar 1.000 Artikel, Lieder, Fotos in den Sinn, die ich posten möchte. Aber ich bin ausgeglichener als sonst.«
27, weiblich

»Freundin seit zehn Tagen im Spital, und ich habe erst gestern davon erfahren! Sie hatte sich schon gewundert, warum ich mich nicht melde.«
35, weiblich

»Das Getreide auf meiner kleinen Farm geht ein. Mist!«
31, männlich

PS: Natürlich durchforstete ich auch immer mal wieder das Internet, um herauszufinden, ob alle auch tatsächlich offline blieben. Sie blieben.

Nach dem Entzug

Ein Studienteilnehmer hielt nicht bis zum Ende durch – ich hatte mit mehr Abbrechern gerechnet und war positiv überrascht. Die anderen 49 erschienen pünktlich, zum Teil überpünktlich, nach einem Monat, um sich ihr Passwort (und das End-Honorar) abzuholen.

Die zehn wichtigsten Erkenntnisse der Studie

Wer facebookless ist,

1. … konzentriert sich mehr auf das eigene Profil

Facebook wird oft zum Aufpolieren des eigenen Images genutzt. Man lebt, denkt und handelt sozusagen nicht mehr für das reale Erlebnis, sondern für das Forum. Das machte das Leben für viele StudienteilnehmerInnen ganz schön anstrengend:

»Mir wurde bewusst, dass man auf Facebook eigentlich oft gar nicht sich selber ist, sondern durch seine Aktivitäten im Stil von ›Privatmarketing‹ ein Image kreiert. Ich sehe Facebook nach diesem Monat oberflächlicher als zuvor.«
31, männlich

»Es war so relaxing, dass man in dem einen Monat nicht den Drang verspürte, nachzuschauen, was alle anderen so machen. Der Fokus war mehr auf mich gerichtet.«
28, weiblich

2. … fühlt sich sozial ausgegrenzt

Wer nicht dabei ist, verpasst einiges – so der Eindruck, den viele schilderten. Das wirkte sich nicht nur auf Themen und Veranstaltungen aus, die man verpasst, sondern auch auf den Mangel an Gesprächsstoff, den Facebook konstant liefert:

»Am schwierigsten war es in der Schule, z. B. über Mittag. Alle waren auf Facebook und hatten ihren Spaß, und ich konnte nicht daran teilhaben. Da fühlte ich mich teilweise hilflos, weil ich den Konversationen nicht folgen konnte.«

18, männlich

»Schwierig war, dass die anderen Facebook hatten und ich nicht. Das ist wie ein Gruppenzwang, denn in meiner Altersgruppe ist Facebook ein enorm großes Thema, dem man sich fast nicht entziehen kann.«

21, weiblich

3. … kann mit vielen Menschen nicht mehr kommunizieren

Die geniale Bequemlichkeit des selbst-aktualisierenden »Telefonbuchs Facebook« hat einen Großteil der User – und meiner StudienteilnehmerInnen – dazu verleitet, Daten wie Geburtstage, Telefonnummern und E-Mail-Adressen von Freunden ausschließlich hier zu notieren:

»Einige meiner Leute habe ich gar nicht mehr erreicht. Ein Freund nimmt sein Telefon nie ab und ist ausschließlich über Facebook zu kontaktieren.«

31, männlich

»Habe festgestellt, dass Leute, die man den ganzen Tag auf Facebook sieht, dafür fast nie übers Handy erreichbar sind.«

22, männlich

4. ... verspürt weniger Druck und ist ruhiger

Viele hatten mir schon bei dem ersten Gespräch erzählt, dass Facebook für sie auch zu einer täglichen Pflicht geworden sei:

»Wenn ich mir das recht überlege, war Facebook wie eine große Last für mich.«
19, weiblich

»Facebook hat einem oft fast schon ein schlechtes Gewissen gemacht, wenn man nicht dauernd drauf war. Dieser Druck fiel in dem Monat weg.«
31, weiblich

»Ohne die ständige Konfrontation mit Input von allen bin ich um einiges ruhiger geworden.«
31, weiblich

5. ... ist konzentrierter und effizienter

Praktisch alle Studenten und Schüler unserer Stichprobe konnten sich nach eigenen Angaben im Monat ohne Facebook viel besser auf das Studium oder die Schule konzentrieren und berichteten von effizienterem und gewissenhaftem Arbeiten:

»Dem Dozenten zuzuhören, ohne parallel noch auf Facebook eingeloggt zu sein, ist schon massiv was anderes.«
22, männlich

»Ich habe mich bei meinen Hausaufgaben nicht mehr so schnell ablenken lassen wie früher, als ich immer noch parallel Facebook offen hatte.«
17, weiblich

6. ... vernachlässigt Schweizer (und deutsche) Tugenden

Facebook-Pflichten nicht zu erfüllen, also Botschaften, Freundschaftsanfragen, persönliche Nachrichten oder einen Wall-Eintrag nicht zu beantworten – diese für sie unbekannte Situation des Nicht-reagieren-Könnens löste bei den meisten Befragten eine Art Kontrollverlust aus. Sie berichteten von Unbehagen und vor allem Schamgefühl, da sie Angst hatten, beim Absender als unhöflich und arrogant dazustehen:

»Man musste Leute, die eine Antwort in normaler Frist erwarten dürfen, einfach hängen lassen.«
27, männlich

»Ich bin eine, die so schnell als möglich auf Messages zurückschreibt. Ich konnte aber einer Kollegin aus Australien nicht zurückschreiben und hatte auch ihre Nummer nicht. Das war hart für mich.«
28, weiblich

»Ich bekam in Woche 3 eine Freundschaftsanfrage von einer Frau, die ich eine Woche vorher kennengelernt hatte. Die hätte ich sehr gern bestätigt. Es war sehr hart für mich, einfach auf keine Weise reagieren zu können.«
27, männlich

7. ... füllt die gewonnene Zeit mit anderen Tätigkeiten

Die gewonnene Zeit wurde neu genutzt – allerdings nicht mit Kommunikation in anderer Form. In der Regel wurde auf »alte« Hobbys zurückgegriffen, die zuvor von Facebook schleichend verdrängt worden waren:

»Ich habe seit Jahren wieder mal ein Buch gelesen.«
20, männlich

»Ich habe in diesem Monat drei persönliche Briefe geschrieben, was ich schon seit Jahren nicht mehr getan hatte. Der Empfänger hat sich unglaublich darüber gefreut.«
19, weiblich

»Ich habe wieder mal begonnen, mit meiner Plastikkamera zu fotografieren.«
17, weiblich

»Ich habe in diesem Monat sogar Hausarbeiten gemacht, die nicht in meinen Zuständigkeitsbereich fielen. Ich habe die ganze Stube gesaugt und den Keller aufgeräumt.«
20, männlich

8. ... kommuniziert weniger, dafür besser

Die meisten Teilnehmer fuhren ihre Kommunikation auf ihren engsten Freundeskreis zurück und mit diesem hauptsächlich via

Telefon, SMS, MSN oder E-Mail. Diese Kontakte bezeichneten sie als gezielter und bewusster:

»Mit den engsten Freunden habe ich gleich viel, aber anders kommuniziert. Am Telefon kommuniziert man kompakter, aber persönlicher.«
23, männlich

»Das Bereicherndste war, dass ich in diesem Monat mehr mit meiner Freundin zu tun hatte. Klingt zwar etwas doof, aber der Monat hat unserer Beziehung echt nicht geschadet.«
34, männlich

9. … bei dem bleibt der Computer kalt

Vielen Teilnehmern fiel auf, dass sie den Computer vor allem abends eigentlich nur starteten, um Zeit auf Facebook zu verbringen – ein Ausgangspunkt für weiteres Surfen im Internet:

»Mein Compi war oft mehrere Tage gar nicht mehr an.«
17, weiblich

»Ich habe in diesem Monat sogar mal eine Nachricht der Uni versifft, da ich mich zum Teil ein paar Tage gar nicht an meinen PC gesetzt habe und meine E-Mails nicht checkte.«
31, männlich

»Ohne Facebook habe ich eher pragmatisch und geziel-

ter im Internet gesurft: E-Mails gecheckt, bewusst online ein Kinoticket gebucht – Internet war nicht mehr zum Zeitvertreib da.«
31, männlich

10. … hat kein Kompensationsmedium

Facebook scheint von keinem anderen Medium ersetzbar zu sein:

»E-Mail ist viel farbloser, formeller und unpersönlicher. Während man auf Facebook vor allem auch Fotos hat und so viel mehr über eine andere Person erfährt.«
26, männlich

»Die Kommunikation war schwieriger. Status-Updates sind einfach schon einzigartig, um schnell, unkompliziert und ungezwungen viele Personen in meinem Freundeskreis zu erreichen.«
32, weiblich

Fazit:

Mit zwei guten Vorsätzen gingen meine StudienteilnehmerInnen wieder ins Netz zurück:

Weniger Zeit bei Facebook verbringen und diese dann sinnvoller nutzen!
Keiner aber wollte für immer auf Facebook verzichten. Solange »alle anderen« drin bleiben, gibt es keine Alternative.

Meine persönliche Einstellung zu Facebook hat sich übrigens in den Monaten, in denen die Studie lief und mich rund um die Uhr beschäftigte, nicht verändert: Wie schon erwähnt – ›added value‹ und ›nice to have‹, mehr nicht.

Für unsere Agentur allerdings ist klar – Social Media generell und Facebook spezifisch werden noch an Bedeutung und Gewicht zunehmen, weil sie die Menschen so stark an sich binden. Darum heißt es auch für uns in Bezug auf die neuen Medien und Netzwerke: Dranbleiben!

caroline kikisch

Freundschaft!
Freundschaft?

Ich adde dich. Du addest mich.

Innerhalb weniger Minuten sind wir befreundet. Ich erzähle Dir alles. Du hast an meinem Leben teil und ich weiß vieles von Dir. Wir gehen durch dick und dünn. Oder doch nicht?

Freundschaft, was ist das? Fast alle Menschen haben im Laufe ihres Lebens Freundschaften. Einige scharen ganze Gruppen um sich, die sie als Freunde bezeichnen, andere gehen sparsamer mit dem Begriff um und verwenden ihn nur für wenige ausgewählte Personen. Und doch, obwohl alle die Freundschaft kennen, ist es schwierig, sie zu beschreiben. Keine gleicht der nächsten. Wie jede Beziehung lebt eine Freundschaft immer von den Beteiligten. Daher tritt sie so vielgestaltig auf.
Der Mensch ist ein soziales Wesen, das bedeutet, er ist sowohl fähig, mit anderen zu interagieren als auch darauf angewiesen. Neben der Verwandtschaft, die wir uns nicht aussuchen können, pflegen wir viele andere Beziehungen: Partnerschaften, Liebschaften, Bekanntschaften, Freundschaften.
Der Unterschied zur Verwandtschaft ist offensichtlich: Mit den einen sind wir durch unsere Abstammung verbunden, mit den anderen durch unsere Wahl – Freundschaft ist Wahlverwandtschaft. Wir wählen unsere FreundInnen aus und können uns von ihnen trennen. Die Unterschiede zu Liebschaften und Bekanntschaften sind eher gradueller Natur: Die Liebe ist meist auf eine Person ausgerichtet und wacht eifersüchtig darüber, zudem ist

sie oft mit einer sexuellen Beziehung gekoppelt. Die Bekanntschaft hingegen ist beliebig, zufällig, von lediglich schwachen Emotionen begleitet.

Ein Blick in die Geschichte

Es ist gar nicht so neu, dass wir uns über die Fragen, was Freundschaft bedeutet und wer ein Freund ist und wer keiner sein kann, Gedanken machen. Das haben auch schon zahlreiche Philosophen und Literaten im Laufe der Jahrhunderte getan.

Aristoteles unterschied zwischen drei Arten von Freundschaft. Nutzfreundschaft nannte er Beziehungen, die aufgrund eines gemeinsamen Zieles oder Zweckes eingegangen werden. Fällt dieser Zweck weg, weil das Ziel erreicht wurde, ist das Fortbestehen der Freundschaft unsicher. Ähnliches gelte für die Lustfreundschaft, auch hier wird nicht die Persönlichkeit des Freundes geliebt, sondern das Vergnügen, das er einem bereitet (z. B. weil er ein sehr witziger Zeitgenosse ist und es nie langweilig in seiner Gesellschaft wird). Doch auch der witzigste Mensch kann kaum auf Dauer lustig sein, und wenn der Lustgewinn nachlässt, ist auch diese Freundschaft nicht von Dauer.
Als die stabilste und wertvollste Freundschaft beschreibt Aristoteles die Tugend- oder Charakterfreundschaft. Hier wird der Freund nicht aufgrund seiner nützlichen oder lustbringenden Aspekte geschätzt, sondern wegen seiner persönlichen Eigenschaften, seines Charakters. Allerdings kann diese Freundschaft

durchaus auch Nutzen und Lustgewinn beinhalten, sie lässt sich nur nicht darauf reduzieren. Im Unterschied zu den ersten beiden Formen der Freundschaft lässt die dritte auch Veränderungen und Entwicklungen der Freunde zu, sie braucht sogar einige Zeit, um sich zu entfalten. »Denn nur der Entschluss zur Freundschaft, nicht die Freundschaft, kommt schnell zustande.« (Aristoteles)

Der römische Philosoph Cicero prägte Sätze wie »Ein wahrer Freund ist wie ein zweites Ich« und »Einen sicheren Freund erkennt man in unsicherer Lage«. Cicero verwies damit auf eine Ähnlichkeit zwischen sich und dem Freund sowie auf die unbedingte Verlässlichkeit. Er unterscheidet nicht zwischen den Schulfreunden und dem besten Freund, da der Begriff des Freundes zu seiner Zeit sowieso nur für wenige Menschen reserviert war.

Der französische Philosoph Michel de Montaigne beschrieb im 16. Jahrhundert eine innige Verbundenheit zu seinem Freund. Aus heutiger Sicht klingen dieser Text und viele Briefe aus dieser Zeit und den folgenden Jahrhunderten sehr schwärmerisch, ja, eigentlich wie Liebesbriefe. Ewige Treue wurde sich dort geschworen und häufig auch das Wort Liebe benutzt, um der Intensität der Verbindung einen Namen zu geben. Man kann sagen, dass die Begriffe Freundschaft und Liebe in dieser Zeit teilweise synonym gebraucht wurden, ganz im Sinne des griechischen Wortes φιλία (philia), das übersetzt Liebe oder Freundschaft heißen kann.

Was unterscheidet Freundschaft von Liebe?

Im antiken Athen wurde zwischen der Liebe zu Frauen und der Liebe zu Männern weniger hart unterschieden als heute. Wichtiger war die Frage, ob die Beziehung zwischen Standesgleichen (zwei männlichen Bürgern der Polis, was als unehrenhaft galt) oder Ungleichen verlief (z. B. zwischen Mann und Frau, zwischen Bürger und Sklave, zwischen Bürger und jüngerem Mann, der noch keine Bürgerrechte besaß). Das liegt daran, dass Männlichkeit mit Aktivität gleichgesetzt wurde und die Vorstellung vorherrschend war, in einer sexuellen Beziehung nehme immer einer den aktiven und einer den passiven Part ein. Die passive Rolle wurde Frauen, Sklaven und jungen Männern zugeschrieben, daher waren Beziehungen zu ihnen nicht verpönt, während hingegen eine Beziehung zwischen zwei gleichgestellten Männern als unangemessen galt, da einer von ihnen zwangsläufig in der damaligen Logik »passiv« sein musste.

Gleichgeschlechtliche Liebe gab es natürlich schon immer. Doch ist es noch relativ neu, dass sie gesellschaftlich und juristisch die Anerkennung erfährt, wie wir sie heute kennen. Die Geschichte verläuft jedoch nicht linear. Vor wenigen Dekaden noch waren homosexuelle Handlungen verboten, noch einige Dekaden mehr zurück gab es für gleichgeschlechtliche Liebe und Sexualität gar keine Begrifflichkeiten. Das lag nicht daran, dass es keine schwule Liebe gab. Aber Homosexualität als unveränderliches Wesensmerkmal einer Person wurde erst im 19. Jahrhundert von Wissenschaftlern »entdeckt« und zu einem Thema der Medizin und Psychiatrie gemacht. Schließlich galt der Mann, der Männer liebt, als »krank«, wenige Jahre zuvor noch als »Sodomit« (also als jemand, der Unzucht mit Tieren treibe bzw. durch sein lasterhaftes Verhalten bei Gott in Ungnade gefallen sei).

Im 18. und 19. Jahrhundert gab es den Begriff der romantischen Freundschaft. Diese zeichnete sich durch Treueschwüre und überschwängliche Freundschaftsbekundungen gerade auch unter Männern aus und galt – sofern keine offene Sexualität gelebt wurde – als ehrbar. So schrieb der Dichter Klopstock an seinen Kollegen Gleim: »Vergessen Sie nicht, zu mir auf einen Kaffee und auf einen Kuss zu kommen.« Und auch ein weiterer Freund, Klamer Eberhard Karl Schmidt, möchte kaum jemanden neben sich dulden, wenn es um die Bezeugung seiner Liebe zu Gleim geht: »Oh! Wie lieb hab' ich Sie!! Möchte doch den Menschen sehen, der mir's hierin zuvor tun könnte!«

Neben der Hinwendung zu dem einen Freund gab es vor allem im 19. Jahrhundert eine weitere Entwicklung zu beobachten: die Entstehung von Freundesgruppen. Diese waren Vereine oder Burschenschaften, also Männerbünde, die sich oft über die gemeinsame Arbeit oder das Studium bildeten. Sie rühmten sich ihrer besonderen Fertigkeiten und ihrer Ehrbarkeit und halfen untereinander mit Wissen und Verbindungen aus. Diese Freundschaften fielen also eher unter den Begriff der Nutzfreundschaft, wie Aristoteles es definiert hatte.

Ist Freundschaft historisch betrachtet ein männliches Prinzip?

Die Gesellschaft war bis in das 20. Jahrhundert hinein noch offen frauenfeindlich: So wurden Frauen die geistigen Befähigungen zur Freundschaft abgesprochen wie auch die zum Studium. Ärzte sorgten sich, die Frau könne durch den Universitätsbesuch hysterisch, krank oder verdorben werden. Während Männer sich am gesellschaftlichen Leben beteiligten, wurde dies den meisten Frauen verwehrt. Eine »anständige Frau« arbeitete

nicht, sondern blieb zu Hause und stickte oder machte Konversation.
Die Geschichte zeigt uns jedoch, dass diese Darstellungen nicht unbedingt der Realität entsprachen und Frauen sehr wohl an der Gemeinschaft teilhatten und soziale Bindungen pflegten; sie erkämpften sich teilweise ein Studium, ein eigenes Auskommen und führten ähnlich innige und intime Freundschaften untereinander wie Männer. Auch sie schienen sich um die strikte Trennung zwischen Liebe und Freundschaft, die für uns heute selbstverständlich ist, wenig zu sorgen.

Sexualität spielte in diesen romantischen Freundschaften noch eine andere Rolle als heutzutage. Zum einen wurden die zärtlichen Gesten und romantischen Briefe der Frauen als »Übung« für die Ehe betrachtet (wohl weniger von ihnen selbst als von ihrer Umwelt), zum anderen, weil die Frau gar nicht als sexuelles Wesen, also als Mensch mit eigenen sexuellen Wünschen und Bedürfnissen, begriffen wurde.
Der Frau wurde gesellschaftlich und kulturell eine aktive, begehrende Sexualität abgesprochen, daher galt selbst in der Moderne noch lesbisches Verhalten als weniger »gefährlich« (im Vergleich zur Liebe unter Männern).
Diese »Unterschätzung« weiblicher Sexualität erleichterte in gewisser Weise einen emanzipatorischen Lebensstil – Frauen wohnten und lebten sogar zusammen, was, zumindest in Amerika, unter dem Begriff »Boston-Ehe« erfasst wurde. Von der Gesellschaft wurden diese »gleichgeschlechtlichen Wohngemeinschaften« weit eher akzeptiert als das unverheiratete Zusammenleben mit einem Mann.

Online/Offline? Freundschaft im Netz

Unsere Beziehungen leben durch unsere Kommunikation. Ändert sich diese (durch neue Medien oder durch veränderte Mediennutzung), so ändern sich auch die Beziehungen. Als der Brief das meistgenutzte Kommunikationsmedium war, verwandte man viele Stunden, um dem Freund oder der Freundin die eigenen Neuigkeiten und Gedanken mitzuteilen. Heute brauchen wir wenige Minuten um eine Statusmeldung in die Welt zu schicken, mit der wir gleich fünfzig Freunde erreichen. Der frühere Brief verband jedoch in stärkerem Maße den Schreibenden mit dem Lesenden als unser Update, welches keinen Unterschied zwischen den verschiedenen Lesern macht. Der Brief richtete sich an eine bestimmte Person, war also auch auf sie abgestimmt. Eine andere Person hätte einen anderen Brief erhalten.
Nun ist es natürlich unfair, einen handgeschriebenen Brief, der mehrere Stunden in Anspruch nahm, mit einer schnell getippten Statusmeldung zu vergleichen, die ja gar nicht das Ziel hat, tiefgründig wie ein Brief zu sein. Doch an dieser Gegenüberstellung von Kommunikationsmitteln wird deutlich, wie sich unser Verhalten verändert hat. Kaum einer investiert heute noch so viel Arbeit und Zeit in einen Brief, schließlich lässt es sich in einer E-Mail viel schneller mitteilen. Oder im Chat. Allerdings verändert sich nicht nur die Form, sondern auch der Inhalt.

Viele Freundschaften finden sowohl offline als auch online statt.

Mit Vito teile ich die vergangene Schulzeit, ich habe ihn seit zehn Jahren weder gesehen noch gesprochen, doch im Internet haben wir uns wieder gefunden. Und schnell war wieder das Vertrauen da, das ich von früher, als er mein bester Freund war, kannte.
Bei Mathilda und ihrem Freund lief es genau anders herum. Sie

arbeitet in einem internationalen Softwareunternehmen. Dort besteht ein Team nicht nur aus den Mitarbeitern, mit denen sie das Büro teilt, sondern aus Menschen, die überall in der Welt an demselben Problem tüfteln wie sie. Mit denen hält sie Videokonferenzen ab oder mailt. So ist es nicht ungewöhnlich, dass sie mehrere Monate mit jemandem eng zusammenarbeitet, ohne ihn jemals zu treffen. Ihren amerikanischen Kollegen Timothy jedoch traf sie schließlich auf einer großen Konferenz des Unternehmens in Amerika. Sie verliebten sich ineinander. Eine Zeit lang führten sie eine Beziehung über Skype, immer mit den Zeitzonenproblemen konfrontiert: Sie chatteten oder telefonierten eine Stunde, bevor Mathilda ins Bett und Timothy zur Arbeit ging. Nach einigen Monaten konnte Mathilda schließlich zu der amerikanischen Dependance wechseln und inzwischen wohnt und arbeitet sie mit Timothy zusammen in den USA. Und hält nun den Kontakt zu ihren Freunden in Deutschland via Internet aufrecht. Zumindest mit denjenigen, die ihr treu geblieben sind.

Ich selbst halte mit mehreren Freundinnen und Freunden über das Netz Kontakt, außerdem telefonieren wir und treffen uns. Unseren Freundschaften ist es egal, ob wir sie offline oder online führen. Sie werden durch jeden Kontakt gefestigt und verfeinert. Mal im Vieraugengespräch, mal in kurzen Mitteilungen. Heute eine ausführliche E-Mail, morgen eine kurze SMS. Denn jede Regung sagt zumindest: Ich denke gerade an dich und möchte das mit dir teilen.

Wa(h)re Freundschaft?

Eine Sache muss klar sein: Freundschaft im Netz ist bares Geld. Nicht unbedingt für Dich und mich, aber auf jeden Fall für die Betreiber einer Internetplattform, auf der Du Deine Kontakte pflegen kannst. Zwar bezahlst Du nichts für die Bereitstellung der Technik von Facebook oder SchülerVZ, aber durch Deine Aktivitäten und Daten werden die Seiten auch für Firmen, die Werbung schalten, interessant. Und wenn Du dort bist, kommen vielleicht auch noch Deine Freundinnen und Freunde auf diese Seite, die nichts verpassen und auf keinen Fall Außenseiter sein wollen.

So wachsen die Teilnehmerzahlen – und dadurch die potenziellen Kunden der werbenden Firmen. StudiVZ und SchülerVZ haben nach eigenen Angaben über sechs Millionen User (Stand Ende 2010) in Deutschland, Österreich und der Schweiz, das entspricht knapp 60 Prozent aller deutschsprachigen Schüler zwischen 12 und 21 Jahren. Facebook gab seine Nutzerzahl Anfang 2011 allein in Deutschland mit 20 Millionen NutzerInnen an.

Doch auch Game-Portale profitieren von Dir und Deinen Daten. Das Spiel ist immer das gleiche: Du stellst bestimmte Daten von Dir zur Verfügung (insbesondere die Verknüpfungsdaten zu anderen Usern sind für die Firmen interessant, weil sie auch verraten, wie oft Du auf ihrer Seite online bist und mit wem Du Dich dort austauschst), im Gegenzug kannst Du den Dienst kostenlos oder gegen geringes Entgelt nutzen. Dafür wiederum musst Du mit Werbeanzeigen leben, die aufgrund der Daten, die man von Dir hat, auf Dich abgestimmt sind und Dich damit verleiten sollen, teure Klingeltöne oder Apps herunterzuladen.

Mit dem Begriff Freundschaft ist also Geld zu machen. Aber nicht alles, was diesen Namen trägt, ist ihn wert.

Phasen einer Freundschaft

Eine Freundschaft lässt sich grob in vier verschiedene Phasen unterteilen, anhand derer die Gemeinsamkeiten und Differenzen zwischen on- und offline-geführten Freundschaften analysiert werden können.

1. Aufmerksamwerden/Kennenlernen
2. Entstehung
3. Aufrechterhaltung
4. Abschwächung/Beendigung

Punkt 1: das Kennenlernen (in der psychologischen Forschung nennt man dies »Attraktivität«, weil gemessen wird, wer unter welchen Umständen als besonders attraktiv/interessant für eine Freundschaft erscheint).
Offline haben wir dazu begrenzte Möglichkeiten, die an verschiedene Faktoren wie beispielsweise Mobilität, Interesse, Finanzkraft und Alter gekoppelt sind. Solange wir Kinder sind, setzt sich unser Freundes- und Bekanntenkreis daher vorrangig aus MitschülerInnen und Nachbarskindern zusammen.
Durch das Internet erweitert sich der Raum potenzieller Freundinnen und Freunde jedoch enorm. Wir sind nicht mehr räumlich gebunden und auch das Alter rückt als Ein- oder Ausschlusskriterium in den Hintergrund. Wir können uns verstärkt auf unsere Interessen konzentrieren und durch diese Kontakte knüpfen.

Massimo zum Beispiel hat, als er nach Hamburg zog und dort noch niemanden kannte, über eine Internetplattform Leute getroffen, die wie er gerne ins Kino gehen, dies aber nicht alleine tun wollen. Das Hobby kann also der Schlüssel für neue Bekanntschaften sein. Viele Leute spielen Online-Games und lernen darüber andere Menschen, die ihre Interessen teilen, kennen. Ganz zu schweigen von den vielen Partnerschaftsforen oder Singlebörsen.

Punkt 2: Wie geht es weiter? Wenn wir jemanden interessant, lustig und angenehm finden, möchten wir ihn meist wiedersehen, mehr Zeit mit ihm verbringen, uns intensiver austauschen, kurz: eine Freundschaft aufbauen. Im real life funktioniert das, indem wir uns öfter mit der Person verabreden. Wir laden sie ein, treffen uns, unternehmen gemeinsam etwas. Ich lasse sie nach und nach an meinem Leben und meinen Gedanken teilhaben und sie mich hoffentlich auch an ihren. Wir bauen ein Vertrauensverhältnis auf.
Und online? Wir schreiben uns Nachrichten, mailen, tauschen vielleicht sogar Telefonnummern aus und vielleicht, falls wir zufälligerweise doch nicht so weit voneinander entfernt wohnen, treffen wir uns auch. Das ist dann der letzte Schritt: die Übersetzung von der digitalen in die analoge, quasi-greifbare Welt. Doch wie sieht es mit den Kontakten aus, die wir tatsächlich nur übers Netz pflegen? Reichen E-Mails und Instant Messages, um von Freundschaft zu sprechen?
Schauen wir zum Vergleich noch einmal auf Freundschaften, die wir offline führen: Meist haben wir auf verschiedenen Ebenen miteinander Kontakt, wir sprechen uns direkt, können uns umarmen, telefonieren, schreiben uns Mails oder Briefe.
Es wäre also leicht zu sagen, dass einer digitalen Freundschaft etwas fehlt, etwas »Lebendiges«. Und doch können Gefühle für eine andere Person, die man zwar noch nie von Angesicht zu Angesicht gesehen hat oder deren Hände man bisher nicht schüttelte, entstehen, sodass wir an sie denken, uns um sie sorgen und uns mit ihr freuen. Zumal die technischen Möglichkeiten immer ausgefeiltere Begegnungen ermöglichen: Inzwischen ist ein bildlich unterstützter Chat via Skype oder Facetime nichts Beson-

deres mehr, wir erfahren also die Stimme genauso wie Gestik und Mimik des anderen. Lediglich Berührungen können bislang nicht übertragen werden.

Punkt 3: das Problem der Aufrechterhaltung von Freundschaften. Ich habe zuvor bereits beschrieben, dass Freundschaften nicht statisch sind, sondern sich verändern. Sie existieren nicht einfach, sie sind nur da, weil wir sie pflegen. Wenn ich mich bei meiner Freundin nicht mehr melde, ist es eine Frage der Zeit, bis unsere Freundschaft beendet ist. Wenn sie sich mir gegenüber unfair verhält (und sich dafür nicht entschuldigt), werde ich unserer Freundschaft keine rosige Zukunft bescheinigen. Wir müssen uns also um unsere Beziehungen kümmern, ob online oder offline. Über Mails und Chats kann es einfacher sein, miteinander in Kontakt zu bleiben und so am Leben des anderen teilzuhaben. Das kann aber auch trügerisch sein: Nur weil mein Freund mich täglich über seinen aktuellen »Status« auf dem Laufenden hält, bin ich noch nicht involviert. Es ist eine einseitige Kommunikation, sofern sich aus seinen Updates kein Dialog ergibt.

Punkt 4: das Ende. Wenn ich unsere Freundschaft nicht pflege, wird sich die Beziehung verschlechtern, die Intimität abnehmen, das Vertrauen geschwächt werden. Irgendwann ist die Freundschaft im Sande verlaufen, sie ist vorbei, und ich habe das gar nicht richtig gemerkt.
Oder sie endet mit einem großen Knall: Mein Freund veröffentlicht ungefragt Fotos von mir im Internet, die mir peinlich sind. Oder eine Freundin erzählt Geschichten über mich, die nicht stimmen. Oder ich versetze jemanden wiederholt und enttäusche ihn. Dann gibt es vielleicht ein klärendes Gespräch, doch wenn sich nach einer Entschuldigung das Verhalten nicht ändert, ist die Freundschaft, so schmerzhaft das ist, beendet.

Gleich und gleich gesellt sich gern?

Für die Liebe gibt es zwei Sprichwörter, die sich auch auf das Thema Freundschaft übertragen lassen und die zu erklären versuchen, wer sich warum mit wem verbindet. »Gegensätze ziehen sich an« lautet das eine, das andere: »Gleich und gleich gesellt sich gern«. Die Forschung neigt wesentlich stärker dem zweiten Merksatz zu. Natürlich können auch sehr unterschiedliche Menschen miteinander befreundet oder ineinander verliebt sein, doch sind beim Großteil der Beziehungen gewisse Ähnlichkeiten in Bezug auf Alter, Geschlecht, sozialer Herkunft und Bildung zu erkennen. Überlege selbst mal: Was unterscheidet Dich von Deinen Freunden und Freundinnen? Und was verbindet Dich mit Ihnen?
Dieses »Ähnlichkeitsprinzip«, wie ForscherInnen es nennen, ist aber kein Zufall. Es ist eingebettet in den sozialen Kontext, in dem eine Freundschaft entsteht. Anders gesagt: Wenn Du zwischen Dir und Deinem besten Freund viele Ähnlichkeiten entdeckst, z. B. dass Ihr einen ähnlichen Geschmack habt, dieselben Bands toll findet und die gleichen Klamotten mögt, so liegt das vielleicht daran, dass Ihr auf einer bestimmten Schule seid, die Eure Eltern für Euch ausgewählt haben. Und wahrscheinlich haben Deine Eltern sogar schon ähnliche Interessen, ein ähnlich hohes Einkommen oder ähnliche Schulabschlüsse wie die Eltern Deiner (Schul-)Freunde. Ihr seid dann also bereits in einem homogenen Milieu, also umgeben von Menschen, die ähnlich »ticken« und leben.

So ist das auch bei Anna und Marja. Beide arbeiten als Grafikdesignerinnen und lernen sich in einer Werbeagentur kennen. Anna mag Marja sofort und erzählt, »es gab da von Anfang an so ein paar Parallelen«. Sie sind nahezu gleich alt, noch relativ neu in dieser Agentur und haben sich deshalb mit den anderen

KollegInnen noch nicht anfreunden können. Davon abgesehen haben aber beide eine ähnliche Ausbildung absolviert und teilen Musik- und Filmgeschmack. In Untersuchungen, die sich über einen längeren Zeitraum erstreckten, konnte gezeigt werden, dass Freunde zu Beginn ihrer Beziehung Ähnlichkeit in leicht zugänglichen Informationen haben (z. B. Aussehen, Familienkonstellation, Geschmack). In einem späteren Stadium der Freundschaft lockert sich dies, doch nimmt dafür die Ähnlichkeit in schwerer zugänglichen Informationsbereichen zu (z. B. Ansichten, Urteile).

Rahel und Mika sind seit der vierten Klasse befreundet. Als sie sich kennenlernten, fanden sie es toll, für Geschwister gehalten zu werden, weil sie sich mit ihren langen dunklen Haaren so ähnlich sahen. Sooft sie die Möglichkeit hatten, stimmten sie ihre Kleidung aufeinander ab und gefielen sich als »Zwillinge«. Je älter sie wurden, desto unwichtiger wurden diese äußeren Ähnlichkeiten. Rahel schnitt sich die Haare kurz und färbte sie grün, während Mika bei ihrem langen Pferdeschwanz blieb. Beide finden nun den Geschmack der jeweils anderen »öde« oder »komisch«. Doch befreundet sind sie nach wie vor, die Freundschaft ist jedoch von der Oberfläche (und der vermeintlichen Sichtbarkeit) verschwunden. Statt ihrer Codes teilen sie inzwischen Ansichten, sie sind nicht immer einer Meinung, stimmen aber in ihren grundlegenden Werten und Urteilen überein.

Neben diesen engen Freundschaften führen wir meist noch einige andere, die lockerer und spezialisierter sind. Mit Tino gehe ich zum Fußball, mit Marek ins Museum und Theater und mit Johanna besuche ich Konzerte und mache Musik. Sie sind mehr als nur Bekannte, aber ich teile nicht alles mit ihnen. Warum soll ich mit Tino über Malerei reden? Und weder Johanna noch Marek interessieren sich für Fußball. Ich habe verschiedene Freunde für verschiedene Bereiche meines Lebens. Der Soziologe Georg Simmel hat dieses Phänomen bereits Anfang des letzten Jahrhunderts erkannt und nannte es »differenzierte Freundschaften«. Er erklärte die Spezialisierung und Auffächerung von Freundschaften mit den damaligen Veränderungen in der Arbeitswelt und der Verstädterung. Mit Simmel lässt sich auch über die Veränderung von Freundschaft im web2.0 nachdenken.

Freunde finden leicht gemacht?

Im Internet gibt es verschiedene Plattformen, auf denen man Profile erstellen kann. Einige verstehen sich explizit als Jobbörsen, was bedeutet, dass interessierte Firmen sich die Profile von Bewerbern ansehen können. (Das funktioniert auch umgekehrt, viele Firmen sind ebenfalls in diesen Portalen vertreten und werden dann durch interessierte Bewerber begutachtet.) Wenn man sich bei diesen Portalen miteinander verbindet (in einigen Portalen nennt sich das dann »befreunden«), webt man ein Netzwerk, man vernetzt sich. Je mehr Bekannte (Kollegen, Freunde, Geschwister) wir dort um uns herum versammeln, desto besser sind wir vernetzt.

Mathilda ist Grafikerin. Sie hatte einige Zeit in einer Werbeagentur gearbeitet, doch irgendwann gefiel es ihr dort nicht mehr und sie kündigte. Nun brauchte sie schnell einen neuen Job. Sie erzählte also ihren FreundInnen und ehemaligen KollegInnen, dass sie Arbeit suche. Diese erzählten es weiter oder verlinkten Mathildas Profil. Sie selbst nennt dies das »Schneeballsystem«: Ich erzähle meinen FreundInnen von einem Problem, sie erzählen es ihren FreundInnen, und irgendwann wissen es viele Menschen. Und vielleicht kann irgendwer mein Problem lösen. Das Internet erweitert diese Möglichkeiten ungemein. Das kann positive und negative Folgen haben. Mathilda hat sich diese Strategie zunutze gemacht und tatsächlich über einen Freund einen neuen Job gefunden.

In einem Forum habe ich Cynthia kennengelernt. Wir haben uns noch nie »real« gesehen, aber wir schreiben uns regelmäßig (per Mail, manchmal auch ganz altmodisch per Brief). Und zum Geburtstag gibt es manchmal sogar ein Paket mit Geschenken, die meine offline-Freunde kaum besser aussuchen könnten. Und doch zögere ich, wenn es um das Wort »Freundschaft« geht. Warum? Ist es wirklich so wichtig, die Person »anfassen« zu können? Allein um das Vertrauen kann es nicht gehen, da wir voneinander Dinge wissen, die wir sonst kaum mit anderen teilen. Ich weiß auch sicher, dass diese Person real ist. Und ich würde sie auch gerne mal »live« sehen. Und wie in den meisten anderen Freundschaften auch, ist nicht immer alles rosig zwischen uns, schließlich kann man sich auch beim Schreiben vorzüglich missverstehen. Warum nenne ich sie also nicht einfach Freundin?

Vielleicht hat es etwas mit Verlässlichkeit zu tun. Bei meinen direkt greifbaren Freundinnen und Freunden erfahre ich schneller und häufiger, ob sie für mich da sind, wenn es sprichwörtlich brennt. Besuchen sie mich im Krankenhaus, wenn meine Mandeln rausmüssen? Kochen sie für mich und umsorgen sie mich, wenn ich aufgrund meines Liebeskummers verlernt habe, für mich selbst zu sorgen? Kann ich bei ihnen übernachten, wenn es zu Hause wieder Knatsch gibt? Solange sie in meiner Nähe leben, ja, natürlich. Die Freunde und Freundinnen, die in andere Städte oder Länder gezogen sind, können mir hingegen auch nicht direkt helfen, sondern mich nur telefonisch oder per

E-Mail unterstützen und trösten. Bei ihnen baue ich allerdings auf die Erinnerung an gemeinsame Zeiten, ich weiß, dass sie für mich da waren, wenn ich sie brauchte. Dies kann ich bei Cynthia – bislang zumindest – nicht. Mit ihr kann ich lange E-Mails austauschen und mich über die Mandeln, den Exfreund oder die Eltern auslassen, vielleicht versteht sie mich sogar besser als jemand in meiner direkten Umgebung. Doch aufgrund ihrer plastischen Entfernung kann sie mir nur virtuell nah sein – und bleibt dadurch in gewissem Sinne immer außen vor.

Was eine Freundschaft ausmacht: Versuche einer Definition

Freundschaft funktioniert nicht einseitig. SoziologInnen sprechen hierbei von Reziprozität. Dieser Begriff beschreibt das Prinzip der Gegenseitigkeit, das heißt also, dass von Freundschaft nur gesprochen werden kann, wenn beide Seiten etwas geben und bekommen. Das muss nicht unbedingt in derselben Maßeinheit berechnet werden (ich mache die Matheaufgaben für Dich, also machst Du Englisch für mich), doch sollte der Austausch gleichwertig sein. Was gleichwertig ist, ist natürlich Verhandlungssache und von Person zu Person unterschiedlich. Wenn es Dir also leichter fällt, Deinem Freund in Geometrie zu helfen, er aber in Spanisch eine Niete ist, wäre es sinnlos, von ihm zu verlangen, er solle mit Dir Grammatik pauken. Hingegen ist er möglicherweise sehr musikinteressiert, hat immer die neuesten Songs für Dich parat oder kann Dir sogar die Gitarrenriffs raushören und notieren, sodass Du Dein Lieblingslied selbst nachspielen kannst? Dann ist das sicherlich gleichwertig, wenngleich etwas völlig anderes.

Allgemein lässt sich sagen: Eine Freundschaft ist so vielseitig wie ihre Beteiligten. So unterschiedlich die Menschen, so unterschiedlich die Freundschaften. Und so unterschiedlich die Definitionen, was nun eine Freundschaft ausmacht.

Gemeinhin gelten als die wichtigsten Merkmale:

- Gleichheit der Beteiligten (es gibt keine Hierarchie zwischen den FreundInnen)
- Ähnlichkeit zwischen den FreundInnen
- Gegenseitigkeit (Reziprozität, beide nehmen und geben)
- Freiheit und Freiwilligkeit (niemand kann dazu gezwungen werden)
- keine offene Sexualität (also eine platonische Freundschaft, wobei es natürlich auch Freundschaften zwischen SexualpartnerInnen geben kann)
- Unterstützung, Hilfe, Solidarität
- Loyalität, Verlässlichkeit
- Vertrauen
- Offenheit, Ehrlichkeit
- Vergnügen (die Freundschaft soll schließlich auch Spaß machen)
- Verständnis für und Akzeptanz des/der anderen
- freie Gestaltbarkeit (es gibt keine Regeln, wie eine Freundschaft auszusehen hat, sie kann die Form annehmen, die wir ihr geben)

Einige dieser Punkte sind jedoch nicht so einfach, wie sie auf den ersten Blick erscheinen. Zum Beispiel die Freiheit. Einerseits gestehen sich FreundInnen gegenseitige Freiheit zu, jeder soll tun, was er will (und beide sollen sich möglichst gegenseitig dabei unterstützen). Andererseits ist die Freiheit des einen durch die Freiheit des anderen begrenzt: Wenn das Verhalten des einen das Leben des anderen negativ beeinflusst, wird die Freundschaft darunter leiden.

Ähnlich verhält es sich mit Offenheit und Ehrlichkeit. Natürlich möchten wir unseren FreundInnen gegenüber wahrhaftig sein und, sollte es uns notwendig erscheinen, Kritik an ihrem Verhalten üben können. Und doch halten wir uns mit der Äußerung von Gedanken, von denen wir annehmen, dass sie unsere Freunde verletzen würden, zurück. Wir versuchen, jede Kritik auf eine Weise zu formulieren, die den weiteren Umgang miteinander ermöglicht und das Grundvertrauen des anderen in meine positive Grundhaltung nicht erschüttert. Wir schützen unsere FreundInnen somit vor zu viel Offenheit.
Was die Ähnlichkeit und das Vertrauen angeht: Einerseits möchten wir unsere FreundInnen kennen und wissen, wie sie drauf sind (wir bilden uns oft sogar einiges darauf ein, sie »besser« zu kennen als sie sich selbst), andererseits wäre eine Freundschaft natürlich auch ziemlich langweilig, wenn sie uns nicht doch mal überraschen und uns einen neuen Wesenszug an sich offenbaren. Zu viel Neuheit allerdings wäre irritierend, und wir wüssten kaum mehr, wer diese Person, die kürzlich noch unsere Freundin war, ist – zuwenig dagegen wäre langweilig, da wir uns dann kaum mehr mit ihr unterhalten müssten, wir wüssten ohnehin, was sie uns erzählt.

Ich habe mehrere Personen gefragt, was Freundschaft für sie bedeutet.
Beata schilderte ihre Freundschaften als unsichtbare Verbindungen, als »kosmisches Band«, über die sie mit ihren FreundInnen überall in der Welt vernetzt ist. Auch wenn man sich nicht oft sehe, könne sie sich doch darauf verlassen, dass ihre Freunde für sie da sind, wenn sie Hilfe braucht – so wie sie im Gegenzug ihnen hilft, wenn dies vonnöten ist. Da ihre FreundInnen nicht in ihrer Nähe wohnen, wird der Kontakt über E-Mail und Telefon aufrechterhalten, doch versucht sie, diese sooft wie möglich leibhaftig zu sehen. Als es einer Freundin schlecht ging, fuhr

Beata zu ihr: »Manches kann man einfach nicht über Telefon und Mails klären. Sie würde mich dann nur missverstehen.« Auch für die anderen von mir befragten Jungen und Mädchen waren Verlässlichkeit und ein Gefühl von Sicherheit und Vertrauen sehr wichtig für eine Freundschaft. »Grundvertrauen« nannte Lisa dieses Gefühl und sagte, dass sie sich bei ihrer Freundin verstanden fühlen muss, auch wenn sie mal komisch ist. Die Freundschaft kann kleinere Irritationen aushalten, der Freund kann Dich kritisieren, aber hält erst mal weiter zu Dir, auch wenn er Dich gerade nicht versteht. Lisa betonte auch, dass es in einer Freundschaft möglich sein müsse, sich jenseits von Rollenerwartungen zu verhalten. (Als soziale Rolle bezeichnet man ein bestimmtes, einer festgelegten »Norm« entsprechendes Verhalten. So dürfen Kinder lärmend spielen und herumrennen – wenn aber Erwachsene dies tun, werden sie mindestens schief angesehen. Dieses Verhalten gilt also bei Kindern als normal, bei Erwachsenen nicht, ihre soziale Rolle sieht andere Verhaltensweisen vor. Von ihnen wird erwartet, dass sie ihre Gefühle stärker als Kinder beherrschen und kontrollieren.)

Zurück zur Freundschaft: Hier trauen wir uns eher, auch andere Seiten von uns zu zeigen oder andere Rollen auszuprobieren. Die Freundschaft ist – wie die Familie – Gesellschaft im Kleinen. Ich kann hier in mir freundlich gesinnter Umgebung austesten, wie mein Verhalten wirkt. Vielleicht irritiert es meine Freunde, vielleicht lachen sie sogar kurz über mich. Aber sofern sie wirkliche Freunde sind, stehen sie zu mir, akzeptieren und unterstützen mich oder kritisieren mich offen, geben mir also ein Feedback.

Massimo, der Programmierer, der so gerne ins Kino geht, erzählt, die engste Freundschaft habe er zu einem Freund aus Kindertagen. Diese Freundschaft habe trotz zahlreicher Umzüge und persönlicher Veränderungen standgehalten und sich mitentwickelt, Massimo sagt, sie sei sogar um einiges belastbarer als die neuen Freundschaften, die er inzwischen eingegangen sei. Die Sandkastenfreundschaft habe sich weiterentwickelt. Ihr Entstehungsgrund liegt so weit zurück, dass man sich seiner nicht mehr entsinnen kann, die Freundschaft erscheint als »schon immer gegenwärtig«. Die neuen Freundschaften dagegen seien aus gemeinsamer Arbeit oder einem geteilten Hobby heraus entstanden, der Grund sei also immer noch präsent, und oftmals schaffe es eine Freundschaft nicht, sich von diesem Grund zu trennen.

Naima klagt, dass in ihrem Team in der Firma zwar alle dächten, sie seien miteinander befreundet, doch sähen sie sich in Wirklichkeit nur bei der Arbeit. Und wenn Naima kündigen würde, um woanders zu arbeiten, dann wären diese zweckgebundenen Freundschaften vorbei, im selben Moment wie das Arbeitsverhältnis. Ein deutlicheres Zeichen für die Stärke oder Schwäche einer Freundschaft gibt es kaum. Was Naima und Massimo hier also erleben, sind genau die Unterschiede zwischen Nutzfreundschaft und Tugendfreundschaft, die Aristoteles bereits vor mehr als 2300 Jahren beschrieben hat.

Böse Freunde?

Es klingt wie ein Paradoxon: böse Freunde. Warum solltest Du mit Menschen, die Dir nicht wohl gesonnen sind, befreundet sein? Eine gute Frage. Aber vielleicht hast Du es auch schon mal selbst erlebt, dass manche Freundschaft sich später als Irrglaube herausstellte, weil diese Leute nur von Dir profitieren wollten (von Deinem Wissen, Deiner Freundlichkeit, Deiner Wertschätzung), aber selbst nicht bereit waren, ebenfalls zu geben und zu teilen. Das Problem mit bösen Freunden ist, dass sie sich nicht als solche zu erkennen geben. Oft läuft es auch eine ganze Weile gut, Ihr versteht Euch super, verbündet Euch gegen den Rest der Welt, erzählt Euch Eure geheimsten Gedanken und Wünsche. Doch plötzlich, so scheint es Dir, ist die Person nicht mehr Dein bester Freund, sondern, ausgestattet mit Deinen Geheimnissen, Dein mächtigster Feind.

Peter und Paul sind so ein Freundespaar. Sie gehen in dieselbe Klasse, spielen zusammen Computerspiele, und als Peter sich in Marie verliebt, erzählt er Paul alle seine Erlebnisse und seine Sorgen. Wie toll Marie ist, wie süß sie lächelt, was sie ihm in der Pause zugeflüstert hat … Wird sie mit ihm gehen wollen? Hat sie vielleicht schon einen anderen Freund? Mag sie ihn überhaupt? Paul, anfangs noch interessiert und bemüht, Peter zu helfen, blockt irgendwann immer mehr ab, macht Witze über Marie und vor allem über Peter, das »Weichei«. Peter ist nun doppelt verunsichert: Einerseits ist der Flirt mit Marie schon aufregend genug, andererseits macht es ihn traurig und wütend zugleich, nun niemanden mehr zum Reden zu haben, ohne Gefahr zu laufen, noch ärger verspottet zu werden. Er schwört Rache. Da er sich jedoch nicht auf dem Schulhof mit Paul messen will, aus Angst, die anderen würden noch mehr über ihn lachen, sucht er sich ein anderes Feld: das Internet. Mit wenigen Klicks hat er Fakeprofile von Paul auf verschiedenen Plattformen installiert, mit denen er ausgedachte peinliche Geschichten über Paul verbreitet. Es dauert nicht lange, und in der Schule wird nicht mehr über ihn, sondern über Paul gelästert und gelacht. Allerdings nicht allzu lange: Schnell ist Peter als Übeltäter enttarnt. Nicht nur Marie will nun nichts mehr von ihm wissen, auch die Freundschaft zu Paul ist dahin.

Freundschaft im Wandel

Nicht nur in der Geschichte durchlief der Begriff große Veränderungen und wurde immer wieder neu definiert, auch in Deinen eigenen Freundschaften bemerkst Du wahrscheinlich immer mal wieder Wandlungen und Verlagerungen – manchmal gewinnst Du neue FreundInnen, manchmal verlierst Du alte. Auch wenn es uns schwerfällt: Wir sollten uns nicht an Freundschaften klammern, nur weil wir uns an sie gewöhnt haben. Es ist wichtig, sich ab und zu die Frage zu stellen, was für Beziehungen wir führen wollen.
Sei ehrlich zu Dir selbst: Tut Dir die Freundschaft gut? Fühlst Du Dich wohl und verstanden? Oder hast Du das Gefühl benutzt zu werden? Ist die Freundschaft für beide Seiten angenehm und gleichberechtigt oder hast Du den Eindruck, eine oder einer von Euch profitiert mehr vom anderen? Du kannst diese Fragen auch mit Deiner Freundin oder Deinem Freund diskutieren: Es kann von Vorteil sein, die Meinung des anderen zu hören und Eure Vorstellungen, Wünsche und Kritik zu vergleichen und Eure Freundschaft dem anzupassen.

Denkt daran: Es ist Eure Freundschaft und sie ist das, was Ihr daraus macht.

johannes boie

Acht Regeln oder Was tun und was nicht-tun im Netz?

Das Netz ist eine neue Welt, und doch nur ein Abbild der realen Welt. Das Netz ist deshalb für viele Menschen ein fremder Ort, der doch seltsam vertraut ist. Wir finden darin Spuren unserer Freunde, Webseiten unserer Lieblingsläden, Fotografien, Filme, sogar digitale, navigierbare Versionen unserer liebsten Orte. Dinge also, die uns nah und vertraut erscheinen, die aber nicht nah und vertraut sind. Es sind Kopien von Kopien, und dadurch kann eine eigenartige Atmosphäre entstehen. Aus dieser erwächst schnell Unsicherheit. Die leicht verstärkt wird durch das diffuse Wissen um Gefahr. Ist das Netz nicht auch der Ort von Lug und Betrug? Was ist mit all den Berichten über digital gemobbte Kinder, über Menschen, die vor eingeschalteter Webcam Suizid begehen? Kinderpornografie, Kreditkartenabzocke, gehackte Internetbanking-Zugänge, Viren, Würmer, Cyberkrieg? Es scheint, vor allem in Anbetracht hyperventilierender Gesetzesinitiativen, als sei das Netz eine Räuberspelunke der übelsten Art. Dabei kann alles ganz einfach sein. Halten Sie sich an ein paar Grundregeln, und Sie verlieren weder Ihr Geld noch Ihre Würde.

Eine Anleitung in acht Schritten.

1. Hören Sie nicht auf zu denken. Warum man in der virtuellen Welt real denken sollte.

Was ist noch mal die zehnte Wurzel aus 42? Schreibt man jetzt eigentlich »daß« oder »dass«? Und wie fährt man am schnellsten mit dem Auto von Spandau nach Peking? Und kennt Madlen aus Jena eigentlich Angelika aus München? Der Computer kennt die Antwort auf viele alltägliche Probleme. Und auf viele weniger alltägliche Probleme. Er rechnet für uns, organisiert für uns, kopiert, korrigiert und arbeitet für uns. Er vertreibt uns die Zeit oder fordert uns heraus, zum Beispiel beim Computerspielen. Der Computer kann uns trainieren und Dinge beibringen, Vokabeln, Rechnungen, Lösungswege. Kurzum: Er nimmt uns eine ganze Menge ab. Und weil wir ihn immer öfter dabeihaben, manchmal als Mobiltelefon getarnt, nimmt er uns immer öfter immer mehr ab.

So weit, so gut.

Das führt hin und wieder zu einem Problem, denn viele Menschen lassen sich verständlicherweise gerne so vieles wie möglich abnehmen. Darunter auch einen Vorgang, den man Denken nennt.

Die Sache hat einen kleinen, aber entscheidenden Haken: Computer können nicht denken. Nicht in dem Sinne, in dem Menschen denken können. Oder wenigstens können sollten. Computer haben kein soziales Gespür und keine emotionale Intelligenz. Sie können so tun als ob, aber letzten Endes sind sie bis heute Maschinen, die Nullen und Einsen zusammenzählen. Das allerdings verdammt schnell und mit verblüffenden Ergebnissen, zugegebenermaßen.

Doch der Mensch ist klüger als sein Rechner, und der Klügere sollte grundsätzlich am längeren Hebel sitzen, damit am Ende das Ergebnis stimmt. Man sollte sich vom Rechner also nicht zu viel abnehmen und sich nicht von den Denkmustern des Computers vereinnahmen lassen. Konkret bedeutet das: Nur weil man eine E-Mail beantworten kann, ist es nicht immer das Richtige, es auch zu tun. Nur weil auf dem Bildschirm steht »Dies ist die Seite der Postbank, geben Sie jetzt alle Ihre PIN-Nummern, Geheimzahlen und persönliche Daten ein«, ist es nicht das Richtige, der Forderung nachzukommen. (Banken fordern übrigens niemals per E-Mail Passwörter oder PIN-Nummern an.)

Klingt alles ganz logisch und möglicherweise ein wenig übertrieben. Andererseits gibt es immer wieder Menschen, die tatsächlich glauben, dass es einen Menschen im Kongo gibt, der ihnen so mir nichts, dir nichts 100.000.000 US Dollar überweisen möchte. Und ihnen deshalb mal eben eine E-Mail geschrieben hat, mit der Bitte um ihre Kontodaten. Diese Menschen schicken dann ihre Kontodaten an einen Menschen, von dem sie noch nie vorher gehört haben. Wenigstens leuchten in ihren Augen kleine Dollarzeichen, während sie in ihrem E-Mail-Programm auf Senden drücken. Diese Menschen haben aufgehört zu denken, sie verhalten sich im virtuellen Raum massiv dümmer, als sie es sich im realen Leben (hoffentlich) je zugestehen würden. Das Beispiel ist drastisch, aber auf eine weniger spektakuläre Art waren die allermeisten Internetnutzer schon mal von dem Phänomen betroffen. Unbedacht einen E-Mail-Anhang geöffnet – Virus eingefangen. Während der Arbeitszeit auf Facebook ein paar Anekdoten veröffentlicht – kleine Abmahnung durch den Chef bekommen. Vor dem Urlaub getwittert, dass man jetzt ein Weilchen weg sei – Einbrecher zu Besuch gehabt.

Aber die Einwirkungen von Computertechnik auf unser alltägliches Leben kommt auch auf subtilere Art und Weise zustande: Wie oft lassen Sie sich in einer Entscheidung davon beeinflussen, was Google auf eine bestimmte Eingabe als ersten Treffer anzeigt? Wie sehr sind Ihre Kaufentscheidungen und damit Ihre nächste Lektüre durch die automatisierten Vorschläge von Amazon bedingt? Haben Sie auf Facebook Freunde, die Sie eigentlich hassen? Fragen wie diese erzwingen einen detaillierten Blick auf die eigene Nutzung der digitalen Welt. Man sollte sie stellen, um herauszufinden, ob man noch selber denkt – oder es bereits dem Computer überlässt. Denken Sie selber. Hören Sie nicht auf damit. Dies ist die grundsätzlichste Regel im Umgang mit dem Internet. Sie ist banal, aber sie wird nicht selten missachtet. Wenn Sie sie stets beherzigen, können Sie nicht mehr viel falsch machen.

2. Seien Sie präsent. Und kontrollieren Sie sich selber. Wie Sie Ihre Reputation im Netz retten.

Ist Ihr Haus bei Google Streetview zu sehen? »Nein«, rufen die einen empört, »da kann einen doch jeder ausspionieren.« – »Aber sicher«, erwidern die anderen gelassen. »Man muss mit der Zeit gehen.« (Mitgliedern der dritten Gruppe, die sich fragen, was Google Streetview überhaupt ist, empfehlen wir einen Blick auf http://maps.google.com/help/maps/streetview/)

Ja – soll man, oder soll man nicht? Für viele ist das die Gretchenfrage der Nullerjahre. Ein eigenes Facebook-Profil? Das eigene Haus oder die eigene Wohnung bei Google? Eine eigene Webseite? Es ist einfach, alles abzulehnen. Aber es ist falsch. Das klingt radikal, aber es ist eine der wenigen Wahrheiten, die man über das digitale Leben ohne Wenn und Aber formulieren kann: Wer sich im Jahr 2011 aus dem Netz vollständig heraushält, handelt falsch.

Denn fast jeder Mensch lebt im Netz, selbst wenn er nicht

selber aktiv ist. Wenigstens regelmäßige Kontrolle muss also sein. Aus den Ergebnissen dieser Kontrolle ergibt sich dann, welche weiteren Maßnahmen man ergreifen sollte.
Zunächst aber: Wie lebt man überhaupt im Netz, wenn man nicht selber aktiv ist? Durch die Aktivitäten anderer Menschen. Im realen wie im digitalen Leben ist jeder Mensch in ein mehr oder weniger enges soziales Netz eingewebt. Er interagiert und kommuniziert – nach Paul Watzlawick eben auch dann, wenn er nicht kommunizieren möchte. Wer in der realen Welt stirbt, lebt immer noch fort in den Fragen, Anekdoten und Erinnerungen seiner Freunde und Verwandten. Wer in der digitalen Welt vermeintlich nicht existent ist, entsteht ebenso als digitaler Schattenriss all dessen, was andere über ihn ins Netz einspeisen. Eine Suche nach Ihrer Person bei Google reicht, und die Software weiß, dass Sie existieren. Ganz egal, ob Sie sich jemals angemeldet haben oder nicht. Sie weiß auch, wer wie oft nach Ihnen gesucht hat, und welche Stichworte sonst noch verwendet wurden – zum Beispiel Ihr Arbeitgeber oder Ihr Wohnort. So entsteht ein sehr detailliertes Abbild Ihrer Person ganz ohne Ihre Hilfe. Gehen Sie also auf jeden Fall online und schauen Sie es sich an. Googlen Sie Ihren eigenen Namen – eine Methode, die von Unwissenden als »Ego-Googling« oder gar »Ego-Stalking« diskreditiert wird. Kein Wort davon trifft zu. Es handelt sich um einen ganz normalen, angemessenen Blick in den digitalen Spiegel.
Wenn Ihnen nicht gefällt, was Sie finden, müssen Sie aktiv werden. Denn Sie müssen damit rechnen, dass Ihr Arbeitgeber, Ihre Frau oder Ihr Mann und Ihre Affäre Sie googlen. Und da wollen Sie nicht allzu doof dastehen. Für die Imagekorrektur im Netz gibt es mehrere Methoden.
Nicht in Betracht ziehen sollten Sie Firmen, die Ihnen versprechen, Ihr Image im Internet in kürzester Zeit vollständig zu verändern, und dafür ordentlich Geld verlangen. Denn die

Aufgabe nimmt mehr Zeit in Anspruch, und Sie können sie mit etwas Einsatz gut selber erledigen.
Sollten Sie auf wirklich Beleidigendes stoßen, nehmen Sie Kontakt mit dem Inhaber der jeweiligen Webseite auf. Nur wenn er auf Ihre Bitte nicht reagiert oder sich als störrisch erweist, wenden Sie sich an einen Anwalt. Geben Sie ihm Zeit zu reagieren, sodass er sich nicht überrollt fühlt, wenn dann ein Brief mit angedrohten Rechtsmitteln ins Haus flattert. Gehen Sie nicht sachte genug vor, laufen Sie Gefahr, gleich die nächste Beleidigung über sich im Netz zu lesen.
Wenn Sie etwas zu sagen haben, was die Welt interessieren könnte (oder einfach nur den Drang haben, fremden Menschen von Ihrem Frühstück zu erzählen), veröffentlichen Sie eine eigene Webseite. Die wird nach ein paar Wochen bei Google erscheinen, wenn man Ihren Namen sucht. Damit haben Sie ein effektives Mittel, Ihr Bild im Internet selber zu prägen. Dieses Bild ist für viele Menschen der erste Eindruck, den sie von Ihnen erhalten. Er prägt dauerhaft und entscheidet vielfach darüber, ob Sie überhaupt kontaktiert werden.
Für Firmen gelten besondere Regeln. Seien Sie übermäßig vorsichtig mit rechtlichen Schritten. Oft ist ein klärendes Gespräch mit jemandem, der Ihre Firma oder Produkte schmäht, konstruktiver als direkt mit dem Anwalt anzukommen. Sollte dies nicht funktionieren, schaffen Sie in einem Konfliktfall Transparenz auf Ihrer eigenen Webseite. Stellen Sie Ihre Sicht auf die Dinge dar und sorgen Sie so dafür, dass

Ihre Meinung auch bei Google gefunden werden kann. Erläutern Sie der Weltöffentlichkeit, warum Sie rechtliche Schritte gegen eine im Netz aktive Person einleiten. Ihr Gegner wird Ihnen sonst in der Kommunikation voraus sein – und jeder, der sich über Ihre Firma informieren möchte, findet die Sehweise Ihres Gegners. Aber nicht Ihre. Sollten Sie die Kommunikationshoheit gewinnen und auf verständliche und sympathische Art darstellen können, warum Sie sich auf eine Auseinandersetzung einlassen, werden sich viele Netzaktive auf Ihre Seite schlagen. Verlieren Sie die Hoheit, ist Ihr Image in Gefahr. Das ist dann bares Geld, das verloren geht. Einige der größten betroffenen Firmen in Deutschland, die sich bislang durch mangelhafte Strategie im Umgang mit dem Netz und seinen Bewohnern erwiesen haben: Klingeltonanbieter Jamba, Sportbekleidungshersteller Jako, der Deutsche Fußball Bund (DFB), Handy- und Internetvertragsanbieter Vodafone sowie die Webseite StudiVZ.

Sollten Sie sich dafür entschieden haben, im Netz mit einer eigenen Präsenz zu erscheinen, halten Sie sich an folgende Grundregel: Veröffentlichen Sie nichts, was Sie nicht auch einem fremden Menschen auf der Straße erzählen würden. Für soziale Netzwerke wie zum Beispiel Facebook gilt: Informieren Sie sich via Google und Nachrichtenportalen, welche Netzwerke als sicher gelten. Lernen Sie dann die Sicherheits- und Privatsphären-Funktionen der Software kennen und nutzen Sie diese. Bitten Sie im Zweifelsfall einen Freund, unter seinem Namen und Login auf Ihr Profil zu schauen, um zu sehen, ob zu viel Information freigeschaltet wurde. Sie werfen ja auch vor dem Ausgehen noch einmal einen Blick in den Spiegel. Und wenn Sie beim Opernbesuch potenziell nur 300 Menschen sehen – im Netz aber kann die ganze Welt Sie sehen.

Das eigene virtuelle Leben im Auge zu behalten, ist nicht

paranoid. Das Leben anderer Menschen online zu verfolgen, ist nicht obsessiv. Beides ist eine Voraussetzung für ein intaktes Sozialleben und eine vernünftige Außendarstellung der eigenen Person.

3. Technik entwickelt sich. Entwickeln Sie sich mit.
Warum die kleinen Veränderungen bemerkenswerter sind als der große Wandel.

Rückblick in die 80er-Jahre: ein riesiger grauer Klotz im Wohnzimmer. Vorne drauf stand IBM PS1000 und hintendran war ein riesiger, weißer Klappschalter. Wenn man den umlegte, dann, äh, nun ja, also dann, ach ja, dann geschah erst mal: nichts. Zeit, Kaffee zu kochen, Zeit, die Blumen zu gießen oder die Katze zu füttern. Oder ein bisschen fernzuschauen. (Das war ein weiterer grauer Kasten, bevorzugt im Wohnzimmer, der ziemlich wichtig war. Bevor das Internet populär wurde.) Kurzum, was konnte man sonst noch tun, nachdem man den weißen Schalter umgelegt hatte? Ach ja, richtig: telefonieren, putzen, aufräumen, Gitarre üben, abwaschen, ein bisschen tanzen, mit dem Finger lustige Bilder an beschlagene Scheiben malen (im Winter), ein bisschen an Blumen schnuppern (im Sommer), ein Buch lesen. »Moment, der Computer fährt gerade noch hoch«, war in den Neunzigern vermutlich der dritt meist gehasste Satz in Deutschland, vor »Helmut Kohl ist immer noch Bundeskanzler«, aber nach »Take That haben sich getrennt« und »Kurt Cobain hat sich in den Kopf geschossen«.
Und heute? Wenn Sie Ihr Mobiltelefon einschalten, dann dauert es keine zehn Sekunden, bis es einsatzbereit ist. Und dabei kann es selbstverständlich viel mehr als der Computer aus den Neunzigerjahren. Diese Verkürzung der Zeitspanne

des »Hochfahrens« – Profis sprechen übrigens vom »Bootvorgang« des Computers – ist einer der beeindruckendsten Beweise der Beschleunigung der digitalen Technik.
Die großartige Anekdote, wonach der Chef und Gründer von Microsoft, Bill Gates, 1981 gesagt haben soll, 640 Kilobyte seien genug Speicherplatz für jeden Menschen, stimmt nach seinen Angaben zwar nicht – ihre massenhafte Verbreitung illustriert aber die Faszination des technischen Fortschritts, den kaum jemand in dieser Geschwindigkeit voraussah. Die durchschnittlichen 100 Gigabyte, die heute als Mindestausstattung bei den meisten Computernutzern zu finden sind, entsprechen 104.857.600 Kilobyte.
In Anbetracht der großen Begeisterung über die große Beschleunigung ist es umso erstaunlicher, dass Computernutzer dazu tendieren, die kleinen Schritte, in denen sich der Wandel offenbart, zu übersehen. Dadurch entstehen Gefahren.
Denn viele kleine Veränderungen im Netz bergen Fragestellungen von philosophischer Dimension. Für den Programmierer einer neuen Funktion mögen es im Zweifelsfall nur ein paar Zeilen Programmcode sein, es sind dies aber Zeichensätze, die Ihr Leben maßgeblich betreffen und verändern können, die Fragen von philosophischer Natur aufwerfen können. Neue Funktionen in Mobiltelefonen und Computern können das tägliche Leben ihres Nutzers grundsätzlich verändern. Dieser Prozess geschieht schleichend, und es ist für das eigene Empfinden essenziell, dass man ihn hinterfragt. Möchten Sie jederzeit per Facebook Ihren Aufenthaltsort mitteilen? Sollten Sie via Twitter wirklich private Sachen verbreiten? Nicht alles, was möglich ist, ist auch sinnvoll. Die neue Technik schleicht sich in das Leben des Einzelnen. Jeder Fortschritt im Internet, auch der kleinste, verändert die Welt nachhaltiger als viele Entwicklungen in anderen Branchen. Deshalb ist es wichtig,

sich mit den kleinen Veränderungen im Detail auseinanderzusetzen und jedes Mal neu zu entscheiden: Brauche ich das? Möchte ich das?

4. Kriminelle gibt es überall. Auch im Internet. Wie Sie sich vor Verbrechen schützen.

Zu Recht sind Politiker sämtlicher Parteien für die dumme Forderung, das Internet dürfe kein »rechtsfreier Raum« sein, von einer Öffentlichkeit, die es tatsächlich besser wusste, abgestraft worden. Das Internet ist kein rechtsfreier Raum, und es war auch nie einer. Über das Internet einen Bombenanschlag auf eine Grundschule zu planen, ist ebenso verboten, wie sich in einer Kneipe zu treffen und einen Bombenanschlag auf eine Grundschule vorzubereiten. Im Internet Kinderpornografie auszutauschen, ist ein ähnliches Vergehen wie Kinderpornografie per Post zu verschicken. Es gibt jedoch einen Unterschied, und der fällt zugunsten des Netzes aus: Tatsächlich ist es so, dass im Netz per se keine Kapitalvergehen begangen werden können. Man kann einen Menschen nicht digital töten, vergewaltigen, foltern oder schwer körperlich verletzen. Das bedeutet aber nicht, dass das Netz ein sicherer Ort ist. Wie in der richtigen Welt gibt es Viertel, die man nur dann betreten sollte, wenn man sich in ihnen auskennt – oder den richtigen Schutz mitbringt. In ihnen ist Kriminalität besonders verbreitet, und natürlich kann von ihnen derselbe Reiz ausgehen wie von den schummrigen Kneipen großer Städte.
Wer sich in sie hineinwagen möchte, sollte versiert sein. Aber auch wer das Internet ohne besondere Ambition nutzt, muss mit den Sicherheits-Grundregeln der digitalen Welt vertraut sein. Gewöhnliche Computer-Viren bedrohen auch Nutzer, die keine Experimente machen. Hier helfen kostenlose Anti-

viren-Software und eine digitale Firewall, also eine technische Vorrichtung, die unerwünschte Eindringlinge vom eigenen Rechner fernhält. Beides gibt es für den Privatgebrauch kostenlos im Netz. Die Websiten von Computerzeitschriften wie zum Beispiel CHIP helfen weiter. Raffinierter sind Attacken, bei denen eine bösartige Webseite vorgaukelt, eine gute Seite zu sein, indem sie zum Beispiel wie die vertraute Internetbanking-Seite aussieht – es aber nicht ist. Öffnen Sie deshalb bei besonders wichtigen Webseiten, wie zum Beispiel beim Internetbanking, keine Links, sondern geben Sie die jeweilige Adresse immer selber ein. Maßgeblich ist, welche Adresse im Browserfenster angegeben ist. Auch bei E-Mails ist Vorsicht geboten. Die Anti-Spam-Technik der E-Mail-Programme wird zwar stetig besser, aber auch die Technik der Versender passt sich den neuesten Abwehrmechanismen an. Vertrauen Sie nur Absendern, die Sie kennen.

Die beste Technik nützt nichts, wenn Sie einen entscheidenden Punkt außer Acht lassen. Die größte Gefahr und gleichzeitig der beste Schutz für Ihr digitales Equipment finden Sie nur ein paar Zentimeter von Ihrem Bildschirm entfernt. Es ist Ihr Gehirn. Agieren Sie vorsichtig und denken Sie, vor allem dann, wenn es um sensible Daten geht, wie zum Beispiel Ihre Bankdaten, zweimal nach, bevor Sie die Maustaste nach unten drücken. Bequemlichkeit ist einer der Gründe, warum im Netz viele Probleme entstehen. Wer alle seine Passwörter im Notebook speichert, das ihm im Zug geklaut wird, der verliert nicht nur sein Notebook. Sondern möglicherweise auch den Zugang zu seinem Bankkonto und die Hoheit über sein digitales Ich.

Wie wenig verbreitet Nachdenken, diese simple Technik zur Abwehr von digitaler Gefahr, ist, zeigt die Anekdote vom 17-jährigen Programmierer Pearce Delphin aus Australien. Der programmierte einen Wurm für die Webseite twitter.com, also eine digitale Nachricht, die sich unkontrolliert verbreitete, vor allem dann, wenn die Nutzer unbedacht agierten. Delphin hatte eigentlich nichts Böses im Sinn, aber sein Programm wurde geklaut, und plötzlich waren zum Beispiel in den offiziellen Twitter-Kurzmeldungen des Sprechers des Weißen Hauses, Robert Gibbs, Links zu Porno-Webseiten. Der 17-jährige Programmierer kommentierte todernst: »Wenn man sich Einrichtungen wie das Weiße Haus vorstellt, erwarten Sie nicht, das da einer die ganze Zeit sitzt, pausenlos die Twitterseite neu lädt und wahllos Links folgt. Unabhängig von Macht oder Ruhm, im Internet müssen Sie wie jeder andere auch vorsichtig mit Sicherheitsrisiken umgehen.« Sein Wort im Ohr der Netzbewohner.

5. Produkte kosten Geld. Auch wenn sie nur aus Bits und Bytes sind.
Warum Sie sich auch online an Gesetze halten sollten.

Dazu gehört auch, dass man sich der Tatsache bewusst ist, sich strafbar zu machen, wenn man illegal Musik oder Filme herunterlädt. Menschen mit digitalem Durchblick wenden zwar zu Recht ein, dass der Vergleich zwischen Diebstahl im Ladengeschäft und Online-Piraterie hinkt: Weil im ersten Fall ein Objekt für den Besitzer nicht länger verfügbar ist, beim digitalen »Klau« aber genau genommen eine Kopie erstellt wird, also der Schaden eine andere, kleinere Dimension aufweist. Doch ist – wie im Leben auf der Straße – die Dimension des Schadens keine geeignete Rechtfertigung für eine Straftat: Oder würden Sie eine Geldbörse klauen, nur weil sich darin zehn, aber keine tausend Euro befinden?
Bekanntermaßen haben die einfachen Tauschmöglichkeiten, die mit der Digitalisierung von Medieninhalten möglich

wurden, ganze Branchen bedroht. Die Musikindustrie hat gelitten, die Filmindustrie bibbert, die Pornobranche ruft in den USA regelmäßig nach staatlicher Hilfe, und die Zeitungen und Zeitschriften erleben eine individuelle Version des Niedergangs. Fairerweise muss man hinzufügen: Das Debakel kommt weder unerwartet noch haben sich die allermeisten Firmen angemessen darauf vorbereitet. Stattdessen haben sie sich auf ihr dahinschmelzendes Kerngeschäft konzentriert – ein fataler strategischer Fehler, unter dem selbstverständlich die Kunden zu leiden hatten, indem sie zum Beispiel auch in den Nullerjahren noch absurd viel Geld für CDs ausgeben sollten, während die allermeiste Musik gratis mit (illegalen) einfachen Methoden wie zum Beispiel der Software Napster, über das Netz getauscht werden konnte.
Aber die Trägheit der Industrie kann keine Rechtfertigung für eigenes illegales Handeln sein. Im Netz gelten dieselben Gesetze wie offline, und nur, weil man sie in vielen Situationen so viel einfacher umgehen kann als in der realen Welt, sollte man das nicht tun. Stattdessen gilt es, das Bewusstsein dafür zu entwickeln, dass eine Musikaufnahme, ein Film, ein e-Book eben auch dann einen materiellen Wert besitzt, wenn man sie nicht länger anfassen kann.
Solange sich die Welt im Umbruch befindet, ist es eben, bei allem Unverständnis über die mangelhafte Strategie der Hersteller und die stümperhaften Versuche, das Netz in seine Schranken zu weisen, immer auch die Verantwortung des einzelnen Konsumenten, nicht zum Plünderer zu werden. Dabei spielen weniger die vielschichtigen Debatten um Schaden und Nutzen der Piraterie eine Rolle, als die schlichte Erkenntnis, dass Gesetze da sind, um sich an sie zu halten. Dass Gesetzesnovellen notwendiger denn je sind, bleibt davon unberührt. Aber dafür kann man sich ja auf anderer Ebene einsetzen. Zum Beispiel bei einer digitalen Petition.

6. Zerstreuung ist das Schönste im Netz. Warum Sie der aktuellen Zentralisierung kritisch gegenüberstehen sollten

Die schöne neue Welt ist vor allem die schöne neue Welt der Unternehmen. So sieht sie aus: Alle Ihre Dokumente liegen auf einem Webserver, also einem Computer irgendwo da draußen, auf den Sie keinen physischen Zugriff haben. Dort liegen auch all die Programme, die Sie nutzen, die Musik, die Sie hören, die Filme, die Sie anschauen. Sie bezahlen je nach Nutzungsdauer, -häufigkeit, oder gleich in einer Art Flatrate. Also zum Beispiel monatlich für 3.000 Lieder aus der Sparte Pop der 60er bis 90er, die Sie je zweimal anhören dürfen, für ein Schreibprogramm, das Sie dauerhaft nutzen können und für drei Filme. Weil Sie so ein guter Kunde sind, gibt es außerdem zwei Stunden Computerspiele gratis obendrauf. Das Gerät, das Sie dazu nutzen, ist nicht viel mehr als ein Bildschirm mit einer Tastatur oder einem anderen Eingabegerät. Es gehört nicht Ihnen, sondern der Firma, die Ihnen den Server, die Musik, die Filme und die Programme anbietet.

Klingt absurd, ist es nicht. Der Trend zu dieser – unter Profis als »Cloud Computing« bezeichneten – Strategie ist bereits heute klar erkennbar. Der iPad nimmt die Vorreiterrolle bei den kleinen Computergeräten ein, die sich nach und nach anschicken, die schweren Desktoprechner zu ersetzen. Das Konzept, je nach Nutzung zu bezahlen, hat sich im Filmbe-

reich und zumindest in den USA schon durchgesetzt, der iTunes Store und Amazon verkaufen bereits Songs von zentralisierten Servern (wenn auch ohne Nutzungsbeschränkungen) an Endkunden.
Der Trend setzt sich schleichend durch, er ist nicht aufzuhalten. Vor allem deshalb, weil er für alle Beteiligten Kostenersparnisse bedeutet. Die Endkunden zahlen nur noch für das, was sie wirklich nutzen – niemand muss sich mehr eine Microsoft Office Suite für 500 Euro kaufen, nur weil er hin und wieder eine Präsentation in Powerpoint zusammenbastelt. Die Anbieter hingegen können ihre Software zentral updaten und verwalten. Dass die Arbeiten zentralisiert erfolgen, bedeutet freilich nicht, dass der Endkunde dafür nicht zahlen muss. Weiterer Vorteil für die Anbieter: Sie behalten die Hoheit über ihre Produkte. Es wird das Ende von Raubkopien sein.
Und trotz all dieser Vorteile ist es bereits heute eine Grundregel für sicheres und bewusstes Agieren im Netz, dem Trend zur Zentralisierung im Speziellen und der Datenhoheit der Konzerne im Grundsätzlichen etwas entgegenzusetzen.
Denn wie alles im Leben hat auch die Zentralisierung eine Kehrseite. Und die wiegt schwer. Wer Ihre Daten und Ihre Programme verwaltet, kann auch alle Ihre Daten und Programme löschen. Manipulieren. Kopieren. Verschicken. Die Möglichkeit bedeutet natürlich nicht, dass eine Firma diese Macht auch ausnützt. Aber: Warum unnötig Risiken eingehen? Die Zentralisierung wird sich als Prinzip aller Wahrscheinlichkeit nach durchsetzen, aber ein Netznutzer, der sich als bewusster Konsument versteht, wird seinen Kaufentscheidungen nicht nur Bequemlichkeit und Kostenfaktoren zugrunde legen. Wer mitdenkt, entscheidet sich stattdessen für mehrere Anbieter, speichert seine E-Mails bei einem Provider, kauft seinen Internetzugang bei einem anderen, lässt seine Software von einem dritten bereitstellen. Solange es noch möglich ist,

gehören auch Dokumente mit vertraulichen Daten wie Kontonummern, aber zum Beispiel auch private Fotos niemals ins Netz geladen, auch nicht auf passwortgeschützte Seiten. Bei keinem Anbieter kann der Kunde schließlich die Mechanismen hinter der Oberfläche der Webseite genau einschätzen. Was bedeutet schon ein »Diese Datei wurde gelöscht«-Kasten auf dem Schirm? Letzten Endes nicht mehr als den Kasten, den man sieht. Ob die private Datei wirklich vom Server des Anbieters verschwunden ist, weiß nur der Anbieter alleine.

Ähnlich verhält es sich mit Facebook. Wer in dem sozialen Netzwerk richtig mitmacht, lässt es zur zentralen Stelle aller personenbezogenen Daten in Bezug auf seine eigene Person werden. Der Nutzer kann nicht anders: Wer ein digitales Ich haben und kontrollieren möchte, kommt um Facebook kaum herum. Die Techniker des Netzwerkes aber könnten prinzipiell durchaus anders – eine dezentrale Version von Facebook, bei der die Nutzer ihre Daten auf dem eigenen Rechner behalten, wäre technisch möglich. Nur könnte Facebook dann mit den Daten seiner Mitglieder nicht das große Geschäft machen, das langsam anrollt. Entsprechende Alternativen zu Facebook werden derzeit zum Glück entwickelt, allerdings sind die Testversionen der dezentralen Netzwerke noch längst von alltäglicher Nutzbarkeit entfernt.

Wer wenigstens abseits von Facebook und anderen Seiten, auf denen man sich per Login identifiziert, einen Teil der Datensammelei verhindern möchte, verwendet unterschied-

liche Browser. Internet Explorer, Firefox und Opera sammeln alle Daten. Die einen mehr, die anderen weniger offensiv. Zugleich sind sie ein Erkennungsmerkmal, das Webseitenbetreibern hilft, zu erkennen, wer auf ihrer Seite surft. Wer eine Seite mal mit dem Firefox, dann wieder mit Opera aufruft, wer also öfters zwischen den Browsern wechselt, verhindert allzu aufschlussreiche Datensammlungen.
Das Thema ist komplex. Gerade deshalb gilt: Informieren Sie sich, seien Sie neugierig. Das Internet ist eine eigene Welt, in der Sie leben, genauso wie die reale Welt vor Ihrer Haustür. Und in der informieren Sie sich ja schließlich auch, bevor Sie sich auf irgendwas Neues einlassen.

7. Lernen Sie den digitalen Umgang. Wie man sein Leben digital-sozial organisiert

»Entschuldigung, ich hätte eine Frage.« – »Hau ab, du checkst ja gar nix.« Nein, so würde man vermutlich nicht antworten, es gibt aber einen Ort, an dem diese Art der Unterhaltung ganz normal ist. Es ist der Umgangston, der in vielen Internetforen herrscht, und mit dem Neuankömmlinge abgeschreckt werden. Der eine oder andere Pessimist und Verfechter von handgeschriebenen Briefen im Geschäftsverkehr wird glauben, damit sei zum Umgang im Netz ja auch schon alles gesagt. Demjenigen sei dringend ein Besuch in den zahlreichen Foren empfohlen, in denen sich eine gigantische Gruppe freundlicher Menschen um jede Art von Fragen kümmert. Oder im Kommentarbereich jener etwas gestelzt daherkommenden Blogs, in denen der Autor seine Leser beharrlich zum höflich-distanzierten »Sie« im Umgang miteinander erzieht.
Soll heißen: Die Welt, auch die digitale, ist zu komplex, als dass man sie und die Kommunikationsstile, die in ihnen gepflegt

werden, über einen Kamm scheren könnte. Denn natürlich gibt es online unterschiedliche Milieus. Natürlich gibt es unterschiedliche Ecken und Räume, in denen unterschiedliche Gepflogenheiten geprägt werden. Die hängen vom sozialen Status, von der kulturellen Identität, von der Online-Affinität, vom Geschlecht und vom Alter der Kommunizierenden ab. Hat man sich diesen Fakt vergegenwärtigt, erahnt man, dass Kommunikation in der virtuellen genau wie in der realen Welt eine Frage von Empathie und Lernfähigkeit ist. Ob sich etwas gehört (oder eben nicht), muss man herausfinden.

Es gibt Menschen, die allermeisten von ihnen dürften über 40 sein, die finden es unhöflich, eine Facebook-Freund-Anfrage zu bekommen, wenn man noch nicht mal zusammen Kaffee trinken war. »Ein alter Freund ist besser als zwei neue«, sagen die Menschen in Russland in einem alten Sprichwort. Das sieht allerdings nicht jeder so, schon gar nicht jene Menschen, die sich gerade an einem sozialen Netzwerk angemeldet haben. Denn es gibt Menschen, die finden es unhöflich, wenn sie nach einer kurzen Vorstellung auf einer Party *keine* Freundes-Anfrage auf Facebook bekommen.

Wer vor diesem Hintergrund nach einem Regelwerk sucht, muss enttäuscht werden. Es gibt zwar sehr wohl ein Richtig und ein Falsch, aber welches Verhalten in welche Kategorie gehört, hängt immer von mehreren Faktoren ab. Grundsätzlich sinnvoll ist es, das eigene Verhalten dem anderer Nutzer bis zu einem gewissen Grad anzugleichen. Schließlich verhalten Sie sich im realen Leben auf einer Demonstration auch anders als auf dem Parkett des Opernhauses. Der Unterschied zur virtuellen Realität ist, dass man hier nicht immer gleich erkennt, wo man eigentlich gelandet ist. Was auf den ersten Blick als sprachlich flapsiger Blog daherkommt, kann bei genauerer Betrachtung ein Forum von hohem intellektuellem Niveau sein, in dem sich die Kommentatoren seit Jahren siezen. Natürlich werden Sie keine ernsthaften Probleme bekommen, falls Sie in diesem Fall die Regeln überschreiten – aber eben um den Preis, der Idiot zu sein, der sich blamiert hat.

In jedem Fall unfein ist es, auf der eigenen Webseite allzu viele Links und inhaltlich minderwertige Verknüpfungen zu verbreiten. Niemand schätzt Beiträge wie »Habe jetzt nicht alles dazu gelesen, aber schaut doch mal auf meiner Seite vorbei (Link)«, egal ob im Kommentarbereich eines Blogs oder auf der »Wall« eines Facebook-Profils.

Orientierung bieten in der Regel die Administratoren oder Besitzer einer Webseite. Wenn der Hausherr duzt, duzen sich in der Regel alle. Unterzeichnet er mit seinem vollen und klaren Namen, freut er sich mit hoher Wahrscheinlichkeit, falls Sie das auch tun. Ein Forum oder einen Blog zu betreiben, ist oft mit juristischen Risiken verbunden. Die Frage, wer im Falle von (anonymen) Kommentatoren mit strafbarem Inhalt haftet, wird seit Jahren vor Gerichten ausgefochten. Auch deshalb sind Klarnamen in manchen Blogs erwünscht.

Prinzipiell gilt: Wo professionell gearbeitet wird, ist im Netz oft keine Zeit, dieselben Fragen tausendmal zu klären. RTFM (Read the fucking manual) ist ein Akronym aus der Netzkultur, eine genervte Empfehlung an all jene, die lieber andere mit ihren Fragen belästigen, statt selber mal nach einer Antwort zu suchen. Je länger das Netz besteht und je alltäglicher sein Gebrauch ist, umso mehr wird vorausgesetzt, dass man wenigstens die Grundregeln der elektronischen Kommunikation beherrscht.

8. Geben Sie sich nicht zufrieden. Warum es nie einfacher war, für eine bessere Welt zu kämpfen.

Zum Abschluss eine Empfehlung. Nichts, was Ihr Leben im Netz sicherer machen würde. Nichts, ohne das Sie nicht denselben Spaß haben könnten – und dennoch etwas Wichtiges. Damals, in den Achtzigern, war es natürlich ein gewaltiges Zeichen von Umweltbewusstsein, wenn man im Becker-Radio des Mercedes-Benz' »Mein Freund der Baum« hörte oder auch »Karl der Käfer«, und wenn man den Achtzylinder beim sonntäglichen Waschen des Autos ausschaltete. Alle vier Jahre ging man wählen und zwischendrin konnte man erst im Dritte- später dann im Eine-Welt-Laden Schulhefte auf zum zwanzigsten Mal recyceltem Papier kaufen. Nicht zu vergessen die 100-DM-Spende, die an Weihnachten an »Brot für die Welt« ging, damit die armen Menschen im Süden auch mal was zu essen bekommen konnten.
Die Welt hat sich – zum Glück – gewandelt. Afrikanische Staaten sind im virtuellen Raum nur einen Mausklick entfernt, nicht weiter als die Webseite von McDonald's. Und auch die Möglichkeiten zur Hilfe haben sich vereinfacht. Zum Beispiel organisieren nach Katastrophen Blogger Spendenkampagnen, an denen man als verantwortungsbewusster Mensch teilnehmen kann. Viel wichtiger sind aber die niedrigeren Hürden, die man heute nehmen muss, um sein Geld an Hilfsorganisationen loszuwerden. Die Auswahl derselben ist schier unendlich, die Informationsmöglichkeiten dazu, wer Geld bekommen sollte, und wer es veruntreuen könnte, auch. Wer heute nicht spendet, kann kaum den Aufwand einer Spende

als Rechtfertigung anbringen – im Netz dauert sie nicht länger als einige wenige Sekunden.
Auch an basisdemokratischen Prozessen und an der politischen Willensbildung kann man im Netz mit wenig Aufwand und hoher Effizienz mitwirken. Bürger- und Graswurzelprojekte wie zum Beispiel politische Blogs oder die Webseite abgeordnetenwatch.de haben die Debattenkultur auf ein technischen Level gebracht, auf dem jeder mit einem Internetzugang teilhaben kann. Nie war es leichter, die eigene Stimme zu erheben. Das größte Volksbegehren der Bundesrepublik wurde im Jahr 2009 von der 29-jährigen Schwerinerin Franziska Heine durchgeführt – auf dem Petitionsserver des Bundestages. Die Mediengestalterin Heine war vor der Petition nicht bekannt, sie war und ist kein Parteimitglied und spielte im politischen Berlin keine Rolle. Doch ihre Petition trug maßgeblich dazu bei, die Anwendung des von der damaligen Bundesfamilienministerin Ursula von der Leyen geplanten Netzsperren-Gesetzes zu verhindern. Zwischen dem 4. Mai und dem 16. Juni 2009 hatte Heine 134.015 Unterstützer hinter sich versammelt. Es war niemals einfacher, als einzelner Mensch Mehrheiten zu organisieren. Auch als Privatperson genießt der Netzbürger also eine erhebliche Macht. Mit dieser Macht kommt Verantwortung, auch jene, die Macht im Sinne einer besseren Welt zu nutzen. Das Schöne dabei: Sie müssen sich nicht diktieren lassen, was eine »bessere Welt« ist. Sie entscheiden, wofür Sie sich einsetzen. Sie benötigen keine Organisation, keine Infrastruktur, deren Besitzer Ihr Anliegen unterstützen möchte. Ihre Infrastruktur – ein Computer oder Handy und ein Internetanschluss – ist vollkommen ausreichend.
Natürlich: Man lebt auch ohne Mitarbeit, ohne Bürgerpartizipation und Verantwortungsbewusstsein im Netz gut und sicher. Aber man schläft dann nicht so gut.

marco fileccia

Falsche Freunde: »Ich klick dich in die Fresse!« – Mobbing updated

Anne (15) hat eine Ex-Beste-Freundin, die ihr den Freund ausgespannt hat. Im SchülerVZ meldete sie sich unter deren Namen an und erstellt ein halbwahres Profil voller Zweideutigkeiten, mit privaten Fotos und sexuellen Anspielungen, die Rückschlüsse auf eine fragwürdige Moral erlauben. Was einmal eine echte Mädchenfreundschaft war, voller ewiger Geheimnisse, Gekicher und Getuschel über süße Jungs, ist umgeschlagen in Wut und Hass und Frustration. Öffentlich ausgelebt im Internet.

Für die Jugendlichen und jungen Erwachsenen von heute, die Digital Natives, ist online kein technischer Zustand, sondern ein Lebensgefühl. Sie sind »on«. Selbstverständlich. Sie organisieren Kommunikation anders, ja, sie haben ein völlig anderes Verständnis davon. Die Bedeutung von Freundschaft, davon bin ich überzeugt, wird nicht leiden. Aber ihre Definition und die Definition dessen, was davon öffentlich ausgetragen wird, hat sich schon geändert – siehe Anne im ersten Fallbeispiel. Online ist Teil des normalen Lebens geworden, im Guten wie im Schlechten. Und eben deshalb werden Wut, Hass und Frustration auch im Netz ausgelebt. Wo es keine Trennung gibt, wo Digitales ebenso real ist wie die physische Welt, ist dies nur konsequent. Aber ist dies auch gut?

Wie immer in Zeiten großer Umbrüche ist die erste Generation von »Natives« auch in besonderer Weise gefordert. Sie müssen den Umgang mit dem Neuen lernen, ohne sich auf die Kompetenz der Älteren stützen zu können, ohne Orientierung zu haben. Selbstverständlich gehört es auch zur Aufgabe jeder neuen Generation, sich abzusetzen von den Eltern, eigene Wege zu gehen, sich selbst ein Bild von der Welt zu machen oder eigene Lebensentwürfe zu entwickeln. Aber das Internet in seiner jetzigen Form ist so neu, dass es keinerlei Muster, Vorlagen, Modelle gibt. Gar nichts, dem man nacheifern oder das man ablehnen könnte. Zum Beispiel das, was wir fälschlicherweise »Social Communities« nennen, aber besser »Social Networks« nennen sollten. Facebook und SchülerVZ sind eben keine Poesie- oder Fotoalben früherer Zeiten, keine Kontaktanzeigen in der Lokalzeitung und erst recht kein virtuelles Treffen unter Freunden, wie es gerne erklärt wird, wenn verzweifelt nach Analogien aus der analogen Welt gesucht wird. Und es gibt sie erst seit wenigen Jahren: So kam die Wii-Spielekonsole Ende 2006 auf den Markt und ist damit älter als SchülerVZ, das drei Monate später online ging.

Das Neue bringt logischerweise auch neue Herausforderungen, und es lohnt sich die Frage an die Gesellschaft, was ein Digital Native heute denn wissen, fühlen oder können sollte.
Fühlen zum Beispiel, wo die Grenzen zwischen privat und öffentlich verlaufen, was echte Freunde sind und was Netz-Kontakte. Wissen, wie mit anderen umgegangen werden soll und wie Kommunikationsformen nicht nur technisch beherrscht werden.

Ganz schön viel verlangt von 12-Jährigen, oder? Ab 12 darf man nämlich laut Gesetz am SchülerVZ teilnehmen.
Das öffentliche Schulsystem hat noch nicht mal annähernd darauf reagiert und das, obwohl einst aus genau einer sol-

chen gesellschaftlichen Herausforderung Bildungsmöglichkeiten auch für Arbeiterkinder und Bauernsöhne entstanden: Jugendliche waren im 19. Jahrhundert ohne Schulbildung nicht fit für die zunehmend technisierte Welt mit Eisenbahn, Telekommunikation und Dampfmaschinen. Sie benötigten grundlegende Kompetenzen in Lesen, Schreiben und Rechnen. Es lohnt eine Diskussion darüber, welche Kompetenzen in digitalen Online-Zeiten nötig sind.

Was ist Cyber-Mobbing?

In dieser stark veränderten Welt erfahren altbekannte Phänomene ein »Update«. Aus Mobbing wurde Cyber-Mobbing, denn so könnte man das nennen, was Anne im ersten Beispiel gemacht hat. Der Begriff »Cyber-Mobbing« hat sich in Deutschland durchgesetzt, in anderen Ländern spricht man vom »Cyber-Bullying«, gemeint ist stets dasselbe.

Cyber-Mobbing, definiert als Mobbing mithilfe digitaler Medien, ist wenig greifbar und scheint doch allgegenwärtig. Dabei geht es nicht um eine veränderte Kommunikation im Netz-Zeitalter oder um andere Umgangsformen von Jugendlichen. Nein, es geht um ein echtes Problem, das leider kaum mit Zahlen belegt werden kann. Es gibt einige wenige Studien, darunter eine repräsentative Forsa-Umfrage im Auftrag der Techniker Krankenkasse aus dem Jahr 2011. Demnach waren 36 Prozent der befragten Jugendlichen zwischen 14 und 20 Jahren in Nordrhein-Westfalen bereits einmal Opfer einer Cyber-Mobbing-Attacke. Auch eine einfache Nachfrage meinerseits in der Zielgruppe scheint dies zu bestätigen. Viele der Befragten haben schon blöde Sachen erlebt im Internet oder per Handy. Zwar kann nicht jeder verbale Ausrutscher oder jede unbedachte Attacke als Mobbing bezeichnet werden (dazu später mehr), doch das Problem existiert in der Wahrnehmung der Jugendlichen und ist somit real, unabhängig von dem, was und ob Statistiken etwas dazu sagen.

Frage ich meine Schülerinnen und Schüler, ist es ein Leichtes, Beispiele zu finden (alle Namen sind geändert, die Fälle verallgemeinert). Hier ein paar weitere aus der Abteilung »deutlich«.

Ben (15) liebt SchülerVZ. Es ist für ihn ein Ort, an dem er sich so richtig austoben kann. Er ist dort nicht nur einmal angemeldet, sondern nennt gleich fünf Profile sein eigen. Was auf den ersten Blick nach einer schweren Persönlichkeitsstörung aussieht, ist für Ben eine konsequent-logische Erweiterung der digitalen Möglichkeiten. Profil Nr. 1 ist das offizielle Profil unter seinem Namen, mit den anderen hat er Spaß, dort »lässt er die Sau raus«. Dort veröffentlicht er anonym Fotos von anderen, hinterlässt Nachrichten der üblen Art und fehlt in keiner blöden Gruppe. Mal ist er ein Skinhead, der Migranten hasst, ein anderes Mal ein Mädchen auf der Suche nach feierlustigen Jungs. »No limits« in Sachen Identitätsaneignung. Wäre es harmlos, würde niemand darunter leiden, dann könnte man es »Sich-Ausprobieren in verschiedenen Rollen« nennen. Aber das ist es leider nicht.

Carolin (16) ist ein hübsches Mädchen. Sie lernte über ein Online-Spiel einen etwa gleichaltrigen Jungen kennen. Er pflegte die Tiere ihrer digitalen Farm und war auch sonst sehr nett. Nach einem halben Jahr fühlte sie sich verpflichtet, seinem Drängen nach einem realen Treffen nachzugeben. Es lief miserabel und endete in einer Katastrophe, nachdem Carolin ihren Verehrer laut ausgelacht hatte. Der Junge, tief gekränkt, rächte sich daraufhin auf seine Weise: Er bombardierte sie mit Hunderten von E-Mails, zig SMS und ungezählten Anrufen, veröffentlichte private Daten von Carolin in SchülerVZ und schreckte auch vor öffentlichen Verleumdungen, Beleidigungen und Drohungen nicht zurück. Und das monatelang. »Stalking« nennt das nicht nur die Polizei, die Politik erließ dazu inzwischen einen eigenen Paragrafen im Strafgesetzbuch.

Denise (13) und ihre Freundinnen hassen die Neue in der Klasse. Komische Klamotten, ein osteuropäischer Dialekt und dann noch brav und strebsam mit guten Noten. Das ist zu viel für Denise. Sie gründet eine Gruppe im SchülerVZ: »Hier ist nicht Kirgisien!«, in der sie über die Neue kräftig ablästern. Dabei steigern sich die Freundinnen in einen richtigen Rausch hinein und übertrumpfen sich mit immer neuen – erfundenen - Details aus dem Leben ihrer Mitschülerin. Fachleute würden hier von Gruppenprozessen und »Peer-Group«-Erlebnissen sprechen – für die neue Mitschülerin war es ein Albtraum.

Diese drei Fälle kann man sofort und ohne Umschweife als Mobbing bezeichnen – Cyber-Mobbing nur, weil Handy und Internet beteiligt waren. Zur Begriffserklärung: Mobbing …

▶ … zielt darauf ab, einen anderen absichtlich zu erniedrigen, zu demütigen, zu schikanieren. Es muss Absicht dahinterstecken und kein Zufall oder mangelndes Taktgefühl. Die Frage nach der großen Liebe, die seit Kurzem mit einer anderen geht, mag taktlos sein, ist aber noch kein Mobbing. Deshalb ist Mobbing auch selten eine Auseinandersetzung in einer Sachfrage, diese wird nur zum Anlass genommen, den anderen fertig zu machen.

▶ … beinhaltet jede Form gewalttätigen Handelns: nonverbal, verbal, Sachbeschädigung, Körperverletzung. Der Klassiker, der ausgekippte Schulrucksack auf dem Nachhauseweg, gehört ebenso dazu wie jede Form von Beleidigung, Verleumdung und natürlich das Verprügeln, Abzocken und andere Formen körperlicher Gewalt.

▶ … richtet sich kontinuierlich gegen eine bestimmte Person. Das Opfer ist eine konkrete Person, ein Mitschüler zum Beispiel, und nicht derjenige, der mir zufällig über den Weg läuft, wenn ich schlechte Laune und Lust auf Randale habe.

▶ … findet wiederholt und über einen längeren Zeitraum statt. Eine einmalige Beleidigung voller Wut im Streit ist noch kein Mobbing.

▶ … ist ein Gruppenphänomen. Die TäterInnen, auch als »Bullies« bezeichnet, haben meistens einen Kreis von Getreuen um sich herum. Sie bestätigen die TäterInnen, die wiederum Anerkennung aus der Gruppe erfahren.

▶ … ist gekennzeichnet durch ein extremes Machtungleichgewicht. Wer körperliche oder auch verbale Gewalt ausübt von Angesicht zu Angesicht, ist – logischerweise – stärker als sein Gegenüber.

▶ … lässt dem Betroffenen kaum eine Möglichkeit, sich aus eigener Kraft aus dieser Situation zu befreien. Dieser Punkt wird oft vernachlässigt, denn die Mobbing-Situation ist so kräfteraubend und an den Nerven zehrend, lässt so wenig übrig vom Selbstwertgefühl, dass es Hilfe von außen braucht, um sich daraus zu befreien.

Ist Cyber-Mobbing schlimmer als »normales« Mobbing?

So schlimm das (herkömmliche, normale, analoge) Mobbing ist, Cyber-Mobbing kann noch schlimmer sein.

Eva (16) traut sich kaum mehr an ihr Handy, ICQ und E-Mail schaltet sie gar nicht mehr ein. Seit Wochen erhält sie Beleidigungen von Unbekannten.

Hier erfährt Mobbing tatsächlich noch eine Steigerung, denn plötzlich erhält der Täter/die Täterin rund um die Uhr Zugriff auf das Opfer. Während Mobbing früher auf einen Bereich wie Schule, Arbeitsplatz oder auch nur den Nachhause-Weg oder die Pause beschränkt blieb, so ist das Opfer nun per Handy und per Internet 24 Stunden am Tag erreichbar. Nicht mehr nur das Klassenzimmer – »überall« wird zur Qual.

Wenn Florian, genannt »Flo« (13), morgens in den Bus steigt, dann weiß er, warum die anderen lachen. Nach dem Ausschluss aus seiner World-of-Warcraft-Gilde stehen jeden Tag neue Witze über ihn im Blog. Die Jokes sind eigentlich altbekannt und nur umbenannt, sein Name ist in »Laus« geändert worden. Trotzdem weiß jeder, wer gemeint ist.

Das Internet erhöht auch die Reichweite in Form möglicher Zuschauer. Das Publikum ist im wahrsten Sinne des Wortes plötzlich unüberschaubar groß. Das Opfer weiß nicht, wer alles das Video auf YouTube, die Schmähungen im SchülerVZ oder die Website gesehen hat, anders als früher, als die Zuschauerzahl meist begrenzt blieb, schon aus Angst des Täters vor Entdeckung. Nicht nur die Nachrichten aus Politik und Sport, auch die bösen Dinge wie neue Mobbing-Foreneinträge verbreiten sich rasend schnell. Als Opfer hat man kaum eine Chance, diese Dinge aufzuhalten.

Gerrit ist 14, in der Klasse 9 und sauer auf die Jungs aus der 10, vor allem auf das Sport-Ass. Sie haben ihn und seine Mannschaft im Fußball geradezu deklassiert. Er rächt sich, indem er an seine Freunde E-Mails verschickt mit einem Foto des Älteren, Größeren, Stärkeren, im rosa Trikot und mit »FC Schwul« als Vereinslogo.

Wer früher in der Schule mobbte, der musste körperlich – oder zumindest mithilfe seiner Freunde – stärker sein: Es macht keinen Spaß, wenn das Opfer sich erfolgreich wehren kann. Muskeln aber spielen beim Mobbing per Mausklick keine Rolle mehr.

Hanna (17) steht kurz vor dem Abi. Seit Wochen schon kann sie ihr Postfach und ihren ICQ-Account nicht mehr benutzen. Sie wird von Spam-Nachrichten so bombardiert, dass es einfach sinnlos ist, die blöden von den guten Meldungen auszusortieren. Sie hat keine Ahnung, wer das tut. Schließlich hat sie keine Feinde und organisiert sogar den Abi-Abschluss-Ball, den Abi-Scherz und hilft anderen bei der Abi-Vorbereitung.

Zum Mobbing gehört auch die scheinbare Anonymität des Täters/der Täterin – erinnert sei an das Verbreiten von Gerüchten. Das Internet vereinfacht es, anonym zu bleiben. So ganz anonym allerdings dann doch nicht, denn bei jedem Zugang wird eine Nummer, die IP-Adresse des Computers, ermittelt. Die Zuordnung dieser Nummer zu einer Person ist schwierig und wird von der Polizei nur in Ausnahmefällen ermittelt.

Medien sind nicht die Ursache für Mobbing. Die Ursachen liegen tiefer, digitale Medien sind hier nur ein Werkzeug. Aber ein mächtiges Werkzeug!

Damit kein Missverständnis entsteht: Gemobbt wurde schon immer. Schon bevor es dieses Wort gab, das übrigens von dem Biologen Konrad Lorenz erstmals in diesem Zusammenhang verwendet wurde. Er bezeichnete so einen Angriff von (schwächeren) Gänsen auf einen Fressfeind, den Fuchs.

Die Opfer

Mobbing ist kein Spaß, kein Streich, kein Kavaliersdelikt, sondern kann schlimme Folgen haben. Von Unbehagen und Hilflosigkeit über Angst und Selbstzweifel gehen sie bis hin zur Verzweiflung, an deren Ende auch der Selbstmord stehen kann. Dies ist umso schlimmer, als dass es ein Teufelskreis ist, aus dem es aus eigener Kraft kaum ein Entrinnen gibt. Hinzu kommt, dass Mobbing manchmal schwer zu definieren ist und den Opfern nicht sofort geglaubt wird. Insofern ist die digitale Form, das Cyber-Mobbing, einfacher zu beweisen, denn fast immer existieren Beweise, die man sichern kann.

Ibrahim (12) ist Fan von Schalke 04. Sein Pech ist, in eine Dortmunder Schule zu gehen. Nachdem er sich öffentlich zu seiner Lieblingsmannschaft in seinem Profil auf Knuddels bekannt hat, erreichen ihn fast täglich Schmähungen. Auch ein Widerruf nutzte ihm nichts.

Die Liste der möglichen Schäden/Reaktionen als Folge von Mobbing ist lang: Zerstörung des Selbstbewusstseins zum Beispiel, Appetitlosigkeit, Bauchschmerzen, Albträume, Schlafstörungen (auch psychosomatische Folgen genannt) oder Unkonzentriertheit, Leistungsrückgang, Fehlzeiten durch »Krankheitstage« oder Schwänzen, Rückzug aus sozialen Bezügen, Ängste, Depressionen, bis zu Selbstmordversuchen oder sogar vollzogenem Suizid.

Die möglichen seelischen Folgen von Mobbingprozessen beschreiben die Psychologen Esser und Wolmerath (2001) folgendermaßen: »Die Befindlichkeit von Personen, die eine lange Zeit Mobbing ausgesetzt waren, ist häufig mit dem Zustand von Personen vergleichbar, die extrem existenzbedrohenden sowie hilflos machenden Situationen (beispielsweise Seenot, Flugzeugabsturz, unter Trümmern verschüttet, Geiselhaft) ausgesetzt waren. Es entstehen psychische Überlebensängste, die der Betroffene nicht mehr ohne weiteres bewältigen kann. Das sich hierbei entwickelnde Krankheitsbild wird posttraumatisches Stresssyndrom, kurz PTSD (posttraumatic stress disorder), genannt.

Auch wenn die Kumpel von Flo (der mit den Witzen im Online-Spiel-Blog) sich der Tragweite ihres Handelns nicht bewusst sind, wenn sie es vielleicht auch gar nicht soooo böse gemeint haben – das Ziel jeder Hilfe muss sein, das Mobbing von Florian sofort zu beenden!

Systematik beim Mobbing

Bei der Suche nach den Ursachen für Mobbing ist es sinnvoll, nach einer Systematik bei Cyber-Mobbing, ein Best-of der Grausamkeiten zu fragen. Ich möchte versuchen, eine Einordnung nach zwei Kriterien zu machen, also bitte nicht wundern, wenn sich Dinge wiederholen. Nummer eins fragt nach dem **Wie?** Nummer zwei nach dem **Womit?**

Wie wird gemobbt?

a) Meistens geht es um Beleidigungen oder Gerüchte, die über das Internet und Handy verbreitet werden (übrigens mit über 30 Prozent auf Platz 1 in einer Statistik der Universität

Koblenz-Landau). Sowie in dem Beispiel von Denise, die über ihre Klassenkameradin im SchülerVZ herzieht.

b) Drohungen, Beleidigungen, unangenehme Sachen übers Internet oder Handy direkt an das Opfer (ca. 25%). So geschehen bei Eva, die Beleidigungen über Handy, ICQ und E-Mail erhielt.

c) Ausschluss aus der Gruppe in Chats oder Online-Spielen (ca. 20%). In unserem Beispiel ist das Florian passiert, der aus dem Online-Spiel geworfen wurde.

d) Weitergabe von privaten Dingen wie E-Mails, Chatnachrichten oder Fotos an andere (ca. 18%). Im Beispiel von Anne, über die private Dinge in ihrem Namen veröffentlicht wurden.

Jannik (14) ist verliebt in Jana (14), geht aber wiederum mit ihrer besten Freundin Janine (14). Jana will nichts von Jannik wissen, Janine ahnt nichts … insgesamt eine komplizierte Dreierkonstellation. Jannik lebt seine unerwiderte Liebe, indem er Jana anonym oder unter ständig neuen Namen mit gehässigen Bemerkungen verfolgt, wie hässlich sie sei, per E-Mail, SMS und als Nachrichten auf SchülerVZ.

Womit wird gemobbt?

a) Handys haben eine Verbreitung unter Jugendlichen von nahezu 100%. Mit anderen Worten: Jeder hat eins. Wiederholte Anrufe oder SMS mit Beleidigungen, Beschimpfungen, Belästigungen, Drohungen sind leicht möglich. Mit einer sogenannten Rufnummernunterdrückung (die eigene Telefonnummer wird nicht an den Gesprächspartner übermittelt) geht es dann sogar vermeintlich anonym (tatsächlich speichern die Telefonanbieter sehr wohl diese Daten). Außerdem sind Handys schon längst keine Telefone mehr, sondern Multimediamaschinen. Alles, was über Video, Foto oder auch Sprachaufnahmen möglich ist, ist auch per Handy möglich. Das Verschicken manipulierter Fotos zum Beispiel oder »Happy Slapping« – ein Phänomen der besonderen Art: Schlägereien werden absichtlich begonnen, mit dem Ziel, sie per Handy zu filmen und ins Netz zu stellen.

b) Instant Messenger (von denen ICQ sicherlich der bekannteste ist) und **E-Mailing.** Mithilfe dieser Kommunikationsformen können gemeine Nachrichten, Bilder und Videos verschickt werden. Wie bei anderen Techniken auch, kann man sich hier als jemand anderes ausgeben. »Impersonation« nennt man diese Form von Identitätsklau.

c) Chatrooms. Sie gehören schon zu den Klassikern der Netzkommunikation; die neueste Variation sind Chatrooms mit einem Zufallsgenerator – ich logge mich ein und bekomme zufällig Kontakt mit jemand Fremden. Hier ist mit Sprache alles erdenklich Gemeine möglich. Aber ebenso der Ausschluss (»Exclusion« genannt) aus einer Gruppe. Oder das vermeintliche Interesse an einer Person, die dann später mit privaten Details gemobbt wird. Oder zunächst heftig umworben und dann fallen gelassen wird. In der Literatur wurde ein Fall bekannt, wo sich ein Mädchen im Chat als Junge ausgab und ihre Ex-Freundin in den Suizid trieb.

d) Web-Cams ermöglichen die Videoaufnahme am heimischen Computer. Vor allem junge Leute können dazu überredet oder gezwungen werden, unangebrachte Bilder oder Aktionen (»Zieh dein T-Shirt hoch!«) von sich aufzunehmen und zu verschicken.

e) Social Communities wie SchülerVZ oder Facebook ermöglichen vielfältige Kommunikationsmöglichkeiten wie Kommentare zu Bildern oder auf »Pinnwänden«. Im eigenen Account können Bilder von anderen veröffentlicht werden. Sicherlich, die größte Bedeutung für das Mobbing haben hier die Gruppen (Diskussionsforen), die gegründet werden können. In diesen Gruppen kann jeder eigene Beiträge einstellen. Wie auch beim E-Mailing ist die »Impersonation« mit »Fake-Profilen« ein Problem: Ich kann mich als jemand anderes ausgeben und in dessen Namen fiese Dinge verbreiten.

f) Video-Portale wie YouTube ermöglichen – fast anonym – die Veröffentlichung von Videos mit z. B. beschämenden oder demütigenden Inhalten über eine Person. Auch private Inhalte, z. B. über Ex-Partner, finden sich nicht selten dort.

g) Online-Rollenspiele/Online-Games. Auch in den vermeintlich Spaß bringenden Spielen kann ich gezielt mobben, indem ich einen bestimmten Charakter immer wieder eliminiere oder in den dazugehörenden Diskussionsforen oder in der direkten Kommunikation im Spiel beleidige/verleumde.

Und – um das Schreckensszenario zu vervollständigen: Es gibt auch Websites, die das Mobbing institutionalisieren. So wie früher bei www.uglypeople.com oder www.rottenneighbor.com. Zwar gibt es die Seiten in dieser Form nicht mehr, aber wenn man wollte, würde man sicherlich leicht neue Beispiele finden.

Katie (13) ist Fan von Tokio Hotel. In einem Video offenbart sie diese Leidenschaft, in dem sie, still am Schreibtisch sitzend, davon erzählt. Völlig unspektakulär, vielleicht ein wenig naiv. Dieses Video erlangt Kult-Status auf YouTube und wird ständig neu überarbeitet, Katie wird lächerlich gemacht. Die Zahl der Downloads beträgt über eine Million.

Nach diesem Katalog der Grausamkeiten könnte man sich

wie nach einem Vortrag über Händeschütteln und Infektionskrankheiten fühlen und am liebsten gar nicht mehr aus dem Haus gehen. Doch die aller-aller-allermeisten Jugendlichen gehen sehr verantwortungsvoll, sehr rücksichtsvoll, geradezu liebevoll im Internet miteinander um. Sie pflegen Freundschaften, üben sich in sinnvoller oder sinnfreier, auf jeden Fall aber in Kommunikation und nutzen die Chancen, die ihnen digitale Medien bieten. Und das, obwohl sie es nicht von uns Erwachsenen lernen konnten, sondern einfach, weil sie grundlegende Dinge über das menschliche Miteinander auf Online übertragen haben.

Ursachen für Mobbing

Und trotzdem ist Cyber-Mobbing ein noch viel zu häufiges Problem, das wir nie werden beseitigen, aber vielleicht durch Prävention eindämmen können. Fragen wir zunächst nach den Ursachen für Mobbing und seiner digitalen Ausprägung Cyber-Mobbing.

> Lena (16) war im Schüleraustausch in England. Sie verkrachte sich mit ihren Gasteltern und deren Tochter. Zurück in Deutschland führten sie einen regelrechten Krieg gegeneinander, mit übelsten Beschimpfungen und Verleumdungen im Internet und per ICQ.

Je nachdem, welche Experten aus verschiedenen Fachbereichen man fragt, erhält man eine eher psychologische Erklärung, eine soziologische oder auch pädagogische. Hier ist ein Mix aus den – aus meiner Sicht – plausibelsten.

Es gibt »tiefere« Ursachen, die in der bisherigen Entwicklung des (der) Jugendlichen wurzeln. So spielen offenbar mangelnde »Nestwärme« und teilnahmslose Eltern (oder auch das Gegenteil: überbehütende Eltern) eine Rolle. Diese Eltern nehmen kaum oder viel zu viel Anteil am Leben des Kindes. Daneben sind – wie in manchen anderen Bereichen von Gewalt bei Jugendlichen – eine machtbetonte Erziehung und das Erlebnis häuslicher, familiärer Gewalt wichtig, will man die Ursachen bei TäterInnen ergründen. All dies kann münden in eigenen Ängsten und einem Minderwertigkeitsgefühl.

Oft diskutiert wird auch der Einfluss der Medien, denen zwar keine direkte Schuld zu geben ist – aber vielleicht ist die These schlüssig, dass durch oft konsequenzlose Gewaltdarstellungen die Fähigkeit zum Mitleid gesenkt wird. Und – für diese Altersgruppe in vielen Bereichen wichtig – auch der Einfluss der Freunde (»Peer-Group« genannt) ist bedeutsam. Herrscht hier ein Klima von Gewalt, Mitleidslosigkeit, herrscht hier eine aggressive Jugendkultur, so kann dies eine Rolle spielen.

Neben den »tieferen« Ursachen spielen »oberflächliche« eine Rolle, wie die Tatsache, dass Mobbing ein Entlastungsventil für die eigenen Aggressionen sein kann. Und wer mobbt, holt sich die Anerkennung in der Gruppe, dazu gehört ein falsches Gemeinschaftsgefühl (»Alle gegen einen«, »Gemeinsam sind wir stark«). Auch falsche Vorbilder können richtungsweisend sein, so der Missbrauch von Macht, der bei anderen (Lehrern und Eltern, Politikern und Sportlern) als erfolgreich beobachtet wurde. Schließlich und endlich kann es auch schiere Langeweile sein, die TäterInnen zu ihren Taten treibt. Anders gesagt: Mobbing kann viele Ursachen haben. Dabei unterscheiden sich Mobbing und Cyber-Mobbing nicht.

Spricht man mit »Bullies«, so erhält man oft die Antwort: »War doch nur Spaß und gar nicht so (ernst) gemeint!«, oder aber auch: »Kein Wunder, gucken Sie doch mal, wie die aussieht, rumläuft, sich benimmt!«. Das Anderssein des Opfers wird als Argument, als Entschuldigung benutzt. Dabei ist die Erkenntnis wichtig, dass Mobbing jeden treffen kann. Das Anderssein ist manchmal Auslöser, aber keine Ursache.

Die Täter

> Mark (15) ist eine Leseratte. In seinem Profil im ICQ ist davon nichts zu lesen, auch seine Angaben auf Lokalisten verraten nichts. Das tut er wohlweislich, weil er sich in der Klasse schon oft dumme Bemerkungen darüber anhören musste. Aus Angst vor Cyber-Mobbing verleugnet er sich selbst.

Will man diesen Gedanken weiterverfolgen, lohnt es sich, die TäterInnen genauer anzuschauen, denn auch hier gibt es eine Typologie (erstellt nach dem Mobbing-Wiki und Dr. Dutschmann). Das sind bestimmte Muster, die auch beim herkömmlichen Mobbing zu finden sind. Eines haben alle gemeinsam: Sie sind geprägt von dem Grundproblem fehlenden Mitgefühls (»Empathiefähigkeit«):

Machtmobber. Es handelt sich häufig um Personen, die auf Kosten des Opfers einen Machtgewinn erzielen möchten. Typisch sind das Ausbooten, ständiges unsachliches Kritisieren, Abwerten der Leistungen des Opfers, Nicht-zur-Kenntnis-Nehmen der Leistungen etc.

Neidmobber. Das Opfer wird attackiert, weil es Eigenschaften hat, die man selber gerne hätte: Titel, Erfolge, Prominenz, Popularität, bessere Fachkenntnisse etc. Häufig kommt es zudem zur Abwertung der Person des Opfers, Rufmord. Ein typisches Beispiel dafür liefert mein Beispiel von Denise, die ihre erfolgreiche Klassenkameradin mobbte oder auch von Gerrit, der sich über die sportlichen Leistungen des anderen Jungen ärgerte.

Angstmobber. Das Opfer erinnert die TäterInnen an eigene Unzulänglichkeiten, bedroht ihr Selbstwertgefühl. Durch Rufmord und gezieltes Intrigieren wird es zum Sündenbock.

Lustmobber. Diesen macht es einfach Spaß, andere zu schikanieren, zu intrigieren und für Aufregung zu sorgen. Typisch ist das Ausstreuen vager Gerüchte und Unterstellungen.

Hühnerhofmobber. Gruppen neigen zur Aufstellung von Hackordnungen. Das ist bei Hühnern nicht anders als beim Menschen: direktes Attackieren, Beschimpfen, Erniedrigen. Es wird kein Hehl daraus gemacht, dass man andere schikaniert.

Herdenmobber. In der Gruppe fühlt man sich geborgen und stark. Herdenmobber sind für sich alleine häufig sehr unsicher, ängstlich. Sie sind überwiegend Opfer der Gruppendynamik, von Führern und Verführern

»Edle« Mobber. Dieser fühlt sich »edel«, »hilfreich« und »gut«. Die eigene Person oder Gruppe wird aufgewertet, die scheinbaren oder tatsächlichen Leistungen werden betont. Gleichzeitig wird auf die angeblichen Unzulänglichkeiten des oder der »Bösen« hingewiesen.

Hilfe

Was tun? Gibt es eine Therapie? Wie leider viel zu oft, ist diese nicht einfach, nicht schnell zu realisieren und mühevoll. Es gibt Intervention und Prävention, also kurzfristige Sofortmaßnahmen und die langfristige Vorbeugung von Cyber-Mobbing.

Übrigens ... googlen Sie sich ruhig einmal selbst! Geben Sie Ihren Namen in Anführungszeichen in Google ein und/oder in einer der Personen-Suchmaschinen wie www.yasni.de oder www.123people.de. So erfahren Sie, was im Netz über Sie zu finden ist.

Sie sind von Cyber-Mobbing betroffen? Vielleicht hilft dies:
1. Reden Sie darüber!
2. Sichern Sie Beweise!
3. Sperren/Ignorieren Sie den Cyber-Bully! Antworten Sie nicht!
4. Melden Sie es!

Der allererste Schritt ist nicht immer der einfachste und sicherlich leichter gesagt als getan. Suchen Sie sich eine Vertrauensperson (der beste Freund/die beste Freundin, Eltern, Lehrer), mit der Sie darüber reden können. Jemanden, der Ihnen glaubt und helfen möchte. Gibt es keinen solchen Menschen in der Nähe, helfen auch Profis. Dies kann die »Nummer gegen Kummer« sein, die unter www.kinderundjugendtelefon.de und 0800 1110333 für Jugendliche und unter 0800 1110550 für Eltern kostenlos zur Verfügung steht. Vielleicht gibt es einen Schulsozialarbeiter/eine Schulsozialarbeiterin oder ein Jugendamt oder einen Psychologischen Dienst in Ihrer Gemeinde.

> Neele (16) kann es einfach nicht leiden, wie andere von der Klassenlehrerin immer bevorzugt werden, besonders Jungs. Sie gründet einen Mädchen-Clan, der regelmäßig die Jungs ihrer Klasse in Online-Spiele einlädt und dort regelrecht bekämpft.

Versuchen Sie, den Täter, die Täterin zu sperren bzw. nicht zu beachten und antworten Sie auf keinen Fall, indem Sie Gleiches mit Gleichem heimzahlen (also nie Beleidigungen mit

Beleidigungen beantworten!). Nutzen Sie die technischen Möglichkeiten wie eine neue Handy-Nummer, den Spam-Filter beim E-Mailing oder die Ausschluss-Möglichkeiten im Instant Messenger. Löschen Sie den Täter, die Täterin von allen Freundeslisten. Anders als beim Getuschel und Gerüchte-Verbreiten auf dem Schulhof existieren meist Beweise in schriftlicher Form oder per Bilder oder Videos. Speichern Sie diese Beweise auf Ihrem Computer und machen Sie Ausdrucke davon!

Bei vielen Anbietern (so wie bei SchülerVZ) besteht die Möglichkeit, Dinge zu melden. Nutzen Sie diese Möglichkeit! Melden Sie das Cyber-Mobbing eventuell in der Schule bei der Schulleitung oder sogar bei der Polizei. Auch wenn es keinen eigenen Mobbing-Paragrafen gibt, so verstoßen doch die meisten Dinge gegen das Strafrecht. Beleidigungen und Verleumdungen fallen darunter oder das Recht am eigenen Bild, Datenschutzbestimmungen, Briefgeheimnis und vieles mehr. Es gibt also durchaus rechtliche Handhabe dagegen. Leider haben diese Bagatell-Delikte aus Sicht der Polizei nicht immer höchste Priorität bei der Strafermittlung.

Meine Erfahrungen aus der Schule sind, dass sich trotz aller angestrebter Anonymität Opfer und TäterIn sehr wohl kennen. In diesem Fall nutzt es vielleicht, sich zunächst freundlich, aber klar und deutlich beim Täter/bei der Täterin zu melden, ihm/ihr eine Frist zu setzen (»Bis Dienstag sind bitte alle Inhalte über mich gelöscht!«) und seine/ihre Eltern zu informieren. Diese sind oft genug erschrocken von dem Tun ihres Kindes. Nützt all dies nichts, ist der Gang zur Klassenlehrerin und zur Schulleitung der nächste Schritt. Bringt auch dies nichts, so sollte man sich überlegen, einen Rechtsanwalt einzuschalten. Wie gesagt, Beweise sollten Sie haben!

Darin liegt auch ein großes Problem, denn was Sie zur Beweissicherung tun können, kann jeder andere ebenfalls tun bzw. getan haben. Sie können sich also nicht sicher sein, dass die Inhalte wirklich aus dem Internet gelöscht sind. Der Spruch »Das Internet vergisst nichts« hat sogar eine entsprechende Institution: www.archive.org ist als Bibliothek anerkannt und macht nichts anderes, als die Inhalte des Internets zu speichern. Abgesehen davon weiß man nie, wer was wann auf seinem privaten Computer gespeichert hat. Wohin das führen kann? Lesen Sie das Schicksal des kanadischen Schülers, dessen Video über 1 Milliarde (!) mal bei YouTube heruntergeladen wurde (unter »Star Wars Kid« bei Wikipedia).

Beistand – Tipps für Erwachsene

Was können Sie tun, wenn Sie nicht selbst betroffen sind, aber vermuten oder wissen, dass ein nahe stehender Mensch Cyber-Mobbing ausgesetzt ist?

Eltern, Freunden, Freundinnen und Pädagogen sei geraten, sich die Mobbingbrille aufzusetzen. Damit ist gemeint, dass Kinder oft Signale aussenden, bevor sie sich verbal äußern. Aber – leider weiß man das auch aus anderen Bereichen – Erwachsene brauchen viele Signale, bis sie Kinder ernst nehmen. Solche Signale könnten sein: Verhaltensänderungen, Leistungsabfall, Isolierung, Suche nach Nähe und Schutz, Fehlzeiten und Schulverweigerung, Fehlen von Schulsachen, körperliche Veränderungen.

Also: Hinschauen! Nehmen Sie jeden Mobbingverdacht ernst! Wenn Sie die Möglichkeit haben, intervenieren Sie so früh wie möglich! Machen Sie klare Ansagen! (»Ich dulde es nicht, dass du Fotos von Anne ins Netz stellst!«). Gegenüber dem Opfer ist es gut, Gesprächsbereitschaft zu zeigen, ohne darauf zu bestehen oder das Kind unter Druck zu setzen. Ermutigen Sie also zum (vertrauensvollen!) Gespräch!

Aus meinen Erfahrungen in der Schule weiß ich, dass auch Außenseiter niemals ganz alleine sind. Ist ein solcher Außenseiter/eine solche Außenseiterin von Mobbing betroffen, bilden Sie ein »soziales Netz«, eine »Unterstützergruppe«. Das ist oft einfacher als es auf den ersten Blick aussieht. Gleiches gilt natürlich für alle Jugendlichen. Im Gespräch ist die Informations-Weitergabe wichtig, dass Mobbing jeden treffen kann, dass es keine persönliche Schuld ist. Viele Opfer suchen nach Gründen (»Warum ich?«) und finden Erklärungen (»Weil ich mich anders verhalte, anders anziehe …«). Auch hier wiederhole ich mich gerne: Oberstes Ziel sollte sein, das Mobbing zu beenden! Das bedeutet aber auch, dass vor der Bestrafung des Täters/der Täterin die Hilfe für das Opfer steht. Dies verfolgt zum Beispiel der – vielen Lehrern bekannte – sogenannte »No Blame Approach«, ein Ansatz, der Hilfe für das Opfer bietet, unter Einbeziehung der Täter.

Apropos Täter/Täterin. Auch sie brauchen eine Perspektive! Wenn ich von Fällen wie in den hier angeführten Beispielen spreche, dann handelt es sich mutmaßlich ebenfalls um Jugendliche. Jugendliche, die ihr Handeln vielleicht nicht in letzter Konsequenz durchdacht haben. Jugendliche, die zwar Schlimmes getan haben, sich dessen aber unter Umständen nicht voll bewusst sind. Es gibt in der pädagogischen Aufarbeitung von Mobbingfällen immer eine hitzige Diskussion darüber, ob der Täter, die Täterin mit ihren Taten konfrontiert werden müssen. Ob der Opferschutz als Ziel ausreicht. Ich persönlich finde, jeder muss Verantwortung für seine Taten übernehmen! Auch Jugendliche! Selbstverständlich im angemessenen Rahmen und mit Augenmaß und ohne Gewalt auszuüben, denn dies würde den Täter/die Täterin nur in ihrem Denken bestärken, dass Gewalt letztendlich doch zum Ziel führt.

Oleg (17) wurde von seiner Freundin verlassen. Seitdem schickt er ihr SMS mit Liebesschwüren, manchmal 10 pro Tag.

Kommen Sie mit all diesen Tipps/Hilfen nicht weiter, suchen Sie Experten-Hilfe, wie zuvor im Text erwähnt. Sie alle können helfen. Es gibt einige gute und erprobte Ansätze, (herkömmliches) Mobbing in der Schule aufzuarbeiten, genannt seien der No-Blame-Approach als lösungsorientierten Interventionsansatz oder das Dan-Olweus-Programm als Methode zur Gewaltprävention.

Eine langfristige Strategie gegen Cyber-Mobbing ist nicht zu trennen von einer Strategie gegen Mobbing allgemein (wie gesagt, Cyber-Mobbing ist Mobbing). Somit wäre es falsch, spezielle mediale Maßnahmen zu ergreifen, die ein Cyber-Mobbing verhindern sollen, aber nicht das herkömmliche. Und: Wenn wir an die Schule oder an das Elternhaus denken, können Maßnahmen zur Verhinderung von Mobbing auch nicht getrennt werden von einer Verbesserung des Umgangs miteinander – dazu gehören Streitkultur, Feedback-Möglichkeiten oder auch nur die Frage nach »Respekt«. Dies alles macht es schwierig, eine allgemeingültige, universale Strategie vorzuschlagen.

Einige Gedanken zur Diskussion stellen, gerichtet vor allem an Erwachsene: Kinder zu stärken, zum Beispiel mit Sport und

Hobby, verhindert zwar nicht, ein Mobbingopfer zu werden, stärkt aber das Selbstbewusstsein. Wir als LehrerInnen oder als Eltern sollten uns für das Thema sensibilisieren, es ernst nehmen. Vielleicht gehört dazu auch Null-Toleranz gegenüber blöden Äußerungen, selbst bei Kleinigkeiten. Also keine Beleidigungen, keine Diskriminierungen zuzulassen (und natürlich auch nicht vorzuleben). Nie. Dies könnte man als eine Kultur des respektvollen Umgangs bezeichnen.

Direkt dazu gehört auch eine Feedback-Kultur des Zuhörens und Ernstnehmens. Wir sollten mit den Jugendlichen über das Thema sprechen, »Wissen schaffen« mit einer Integration des Themas in die Schule und in den Unterricht. Vielleicht ist es eine gute Idee, gemeinsam einen »Verhaltenskodex« zu vereinbaren, wie man miteinander umgehen möchte (zum Beispiel in der Schule). Dort können Aktionen wie »Stop den Mob« oder »Clevere Ideen gegen Mobbing« gestartet werden. Viele Schulen arbeiten da schon sehr vorbildlich mit einem Streitschlichter-Konzept oder auch mit »SchülerVZ-Scouts«.

Ich bin ein Digital Hippie, also jenes Zwischending zwischen Digital Natives (so werden jene genannt, die nach 1980 geboren wurden) und Digital Immigrants (eben jenen davor, somit allen Eltern heutiger Teenager), ich bin mit der ersten Generation der Computer groß geworden. Heute aber bin ich auch ein analoger Vater. Und trotz aller eigenen Technikbegeisterung sehe ich – wie viele Eltern – der Online-Generation oft staunend über die Schultern. Online ist für Jugendliche Teil des normalen Lebens, im Guten wie im Schlechten. Und eben deshalb werden Wut, Hass und Frustration auch im Netz ausgelebt. Wo es keine Trennung gibt, wo Digitales ebenso real ist wie die physische Welt, ist dies konsequent. Aber ist dies auch gut? Nein.

elke reichart

franziska adriana

Freund = Feind?
Böse Erfahrungen

»Mein erstes Social Network war ›Knuddels‹, damals war ich noch nicht einmal 12 Jahre alt. Dort bin ich von ganz komischen Leuten angeschrieben worden, mit blöden Fragen wie:
›Was hast du denn an?‹ oder: ›Willst du mir einen blasen?‹ Ich bin da schnell wieder ausgestiegen und war ganz schön geschockt.«

Die Schülerin, die auf dem »Social Community Day 2010« in Köln so offen über ihre Erfahrungen mit Cyber-Mobbing spricht, ist vom Moderator als die »typische Vertreterin der neuen Medienwelt« angekündigt worden: Adriana Chojnacka, schlank, dunkle Haare, asymmetrischer Kurzhaarschnitt, buntes Halstuch, große Silberohrringe, noch größere Ausstrahlung. Ihre Twitter-Biografie:

»Ich bin 16 Jahre alt und wohne seit 6 Jahren
in Deutschland, meine Heimatstadt ist Berezki/Polen.
Bin verrückt, liebe das Leben und bin immer ich selbst.«

Mit zehn Jahren bekam sie ihr erstes Handy, heute hat sie zwei. Sie mailt, twittert und schaut fern; online, offline, kein Unterschied. Natürlich, erklärt sie lässig vom Podium herab, ginge es auch ohne soziale Netzwerke, aber – wer wolle das schon? »Es wäre dann längst nicht mehr so spannend.«

Was die Gymnasiastin von anderen Gleichaltrigen unterscheidet – und warum sie als Expertin eingeladen wurde: Adriana hat sich zum »Medienscout« ausbilden lassen. Sie klärt nun jüngere Schüler über die Gefahren des Internets auf, auch über Cyber-Mobbing. Ohne den sonst oft üblichen pädagogischen Zeigefinger – sie weiß ja aus eigener Erfahrung, wovon sie spricht:
»Mit 12 Jahren ging ich zu SchülerVZ, dort bin ich heute noch. Viele gute Freunde, aber ganz ohne schlechte Erfahrung ging es auch hier nicht. Der – sogenannte – Freund einer Freundin hat mich angeschrieben und gleich wüst beschimpft: ›Du Hure‹ und so was. Ich kannte den Typen nur über das Internet, hatte keine Ahnung, warum der mir dauernd so doofe Nachrichten schickte. Zuerst bin ich zu meiner Freundin gegangen und habe gefragt, wie der Typ denn so sei. Sie hat mir erzählt, er würde gern mal Leute ärgern. Jedes Mal hat es mir einen Stich gegeben, wenn ich seine Beschimpfungen gelesen habe, aber ich habe mich zusammengenommen und einfach nicht mehr auf seine Nachrichten reagiert. Das Ignorieren war zwar nicht einfach, aber es funktionierte: Nach einiger Zeit hatte er offenbar die Lust daran verloren, mich zu ärgern und gab Ruhe.«

Franziska Brands ist 14 Jahre alt, ebenfalls »Medienscout« an demselben Gymnasium wie Adriana und auch ein gebranntes Kind in Sachen »Cyber-Mobbing«. »Eine Freundin hat bei mir übernachtet, und aus Spaß haben wir jede Menge Fotos von uns gemacht – im Pyjama im Schlafzimmer, ungeschminkt, in dummen Posen. Und plötzlich tauchen diese Fotos bei SchülerVZ auf! Nur die von mir, nicht die von meiner Freundin! Und darunter stand: Was für eine Schlampe! Ich habe mehrmals

Nachrichten an den Absender, den ich gar nicht persönlich kannte, geschickt, dass er die Fotos doch bitte rausnehmen solle. Ohne Erfolg. Das war eine schreckliche Beleidigung, die mir sehr auf die Psyche ging. Ich bin zur Lehrerin gegangen, und sie hat von diesem Typen verlangt: ›Du löschst das jetzt sofort!‹ Sie hat kontrolliert, ob er gehorchte, was er zum Glück machte. Mit meiner Freundin habe ich rekonstruiert, dass der Typ, als er mal bei ihr zu Besuch war, sich die Bilder selbst per Mail geschickt haben musste. Sie jedenfalls sagt, sie habe die Fotos niemals an ihn weitergegeben.«

Heute, nach ihrer Ausbildung zum »Medienscout«, sind Adriana und Franziska am Elsa-Brandström-Gymnasium in Oberhausen selbst Ansprechpartner für ihre Mitschüler geworden. Sie lotsen die anderen sicher durch das Internet, warnen vor versteckten Kostenfallen, vor leichtsinnig veröffentlichten Party-Bildern, Adressen oder gar Telefonnummern, und halten kleine Vorträge in den Klassen über die Melde- und Ignorierfunktion und den Hilfebutton.

Natürlich weisen sie und die anderen Scouts pflichtgemäß auch immer wieder auf die AGBs (Allgemeinen Geschäftsbedingungen) und das andere Kleingedruckte hin. Aber wie sagt Adriana selbst in Köln auf dem Podium: »AGBs mit ihrem Juristendeutsch, die sind doch nicht altersgerecht. Die liest doch keiner. Wichtiger ist es, das Bewusstsein zu schärfen.«

Und was ruft daraufhin bewundernd einer der – durchwegs wesentlich älteren – Experten der Talkrunde aus: »Ich glaube, die Generation von Adriana wird wesentlich schwerer zu betrügen sein als die unsrige! Die lernt Medienkompetenz genauso wie Lesen, Schreiben und Rechnen.« Und unten im Saal nicken die Erwachsenen zustimmend. Und erleichtert.

elke reichart **Die Bennis: Ein Dreiteile**

Teil Eins: Online-Sucht: Die Freunde warten im Netz

Enter

Von einem Tag zum anderen war alles vorbei.
Benjamin und Benedikt, die Computer-Besessenen, die arroganten Zwillinge, die nur ab und zu und auch dann nur höchst widerstrebend für Schule und Familie ihren Platz am PC verließen, die merkwürdigen Nerds – auf einmal gab es die beiden nicht mehr.

Sechs Jahre lang verloren an eine Parallelwelt und nun wieder da.

Erstaunt nahm die Umwelt zur Kenntnis, dass die beiden jetzt auf Fragen Antworten gaben, sogar in einer verständlichen Sprache. Dass sie unter Menschen gingen, bei schönem Wetter ins Schwimmbad, dass sie sich Sportgruppen anschlossen, kurz: Dass sie sich plötzlich wie andere 19-Jährige benahmen. Ohne Vorankündigung.
»Ab sofort wurden die Geister, die wir gerufen hatten, von uns verlacht.« Benedikt schaut seinen Bruder Benjamin an, wie verwundert über das Fazit ihrer Teenagerzeit. »Wir hatten lange Zeit alle Symptome einer Sucht. Und mit einem Schlag war es dann vorüber.«
Auch Benjamin schaut zweifelnd, sucht in seinen Erinnerungen. Es gäbe nur eine Erklärung, sagen schließlich beide auf die Frage

nach dem Warum, und die habe mit Freundschaft zu tun. Mit den zunächst gefundenen und dann wieder verlorenen Freunden aus der virtuellen Welt. Und mit dem Finden von neuen Freunden, diesmal im real life.

Die Bennis heute: 25 Jahre alt, Benedikt eine Minute älter als Benjamin, Pädagogik-Studenten für das Lehramt, beide durchtrainiert, gut aussehend und gut gelaunt. Rhetorisch unglaublich fit – wahrscheinlich durch die ständige Übung des gegenseitigen Kommentierens. Kein Satz bleibt einfach so stehen; stets kommt vom Zwilling Zustimmung, Ablehnung, Ergänzung, ohne eine Sekunde des Nachdenkens. Hier wird die Theorie des Verstummens einer ganzen Generation vor dem Bildschirm ad absurdum geführt.

Start

Angefangen hatte das Abdriften der Zwillinge mit dem Umzug der Familie von München hinaus auf das Land. »Mit einem total verschobenen Umfeld«, wie die beiden es formulieren. Aus den selbstverständlichen Großstadtkids wurden die Außenseiter in der Pampa.

»Computer waren auch in München schon ein Thema gewesen,

nachmittags, mit unseren Freunden aus der Grundschule an Uralt-Rechnern. Aber nie lange – danach sind wir immer bald raus zum Fußballspielen oder in den Schnee. Das Wichtigste für uns war damals der Community-Faktor: Der Reiz, allein am PC zu spielen, ging in Richtung Null. Es ging vielmehr darum, die anderen zu besuchen, zu reden, ein bisschen Computer und dann hinaus zum Spielen.«

Auf dem Land wurde alles kompliziert und wesentlich einsamer. Waren die Zwillinge wirklich so arrogant, dass niemand mit ihnen Kontakt haben wollte? »Wir waren die Isar-Preußen, sprachen hochdeutsch statt Dialekt, traten immer zu zweit auf. Wir waren nicht einfach.«

Aus einem Zeitabstand von über zehn Jahren sehen sich die Bennis heute durchaus differenziert. »Wir hatten natürlich drei oder vier Kontakte in der Klasse. Aber eigentlich wollten wir in Ruhe gelassen werden und nur noch Computer spielen.«

Zunächst am PC der Familie, im Arbeitszimmer der Mutter. Ein Rechner mit ISDN, quälend langsam. Dann – nach eindringlicher Überzeugungsarbeit am Vater mit dem Hinweis auf beträchtliche Kostenersparnisse – Einführung von DSL mit Flatrate. Schließlich allmählicher Rückzug der Zwillinge in die eigenen Zimmer mit eigenen Computern. »Wir wurden Meister im Zusammenbauen von Einzelteilen aus Geräten, die bei irgendwelchen Firmen aussortiert worden waren. Gelernt haben wir durch ›Trial und Error‹, durch viele, viele Fehler. Irgendwann aber konnten wir jeden PC reparieren.«

Eltern und Geschwister beobachteten die Entwicklung mit Sorge, Rat- und Hilflosigkeit. »Langsam, aber sicher rutschten wir in die Nerd-Ecke ab. Zwar nahmen wir noch an den Familienfesten teil, kamen sonntags auch mit in die Kirche oder zum gemeinsamen Essen. Aber schon nach fünf Minuten waren wir fertig mit den Mahlzeiten und wieder vor unseren Computern.«

Programm

»Im Münchner Elternschlafzimmer stand der Familien-PC, und hier fanden unsere ersten Schritte in die Computerwelt statt. Im Grunde ein bemerkenswerter Kontrast: Mit fünf oder sechs Jahren hatten wir hier noch bei Albträumen Unterschlupf gefunden – ein paar Jahre später spielten wir an gleicher Stelle so brutale Ego-Shooter wie:
Wolfenstein 3D (der erste 3D-Egoshooter überhaupt)
Duke Nukem 3D
Doom 1 (unter Shooterspielern immer noch eine Legende)
und Quake 2 (oder die Modifikation Quake 2 Action), ein Meilenstein in der Entwicklung des Genres.
Unsere Eltern kannten sich überhaupt nicht aus und erlaubten uns, das wegweisende Strategiespiel Civilisation 1 zu spielen, was wir denn auch mit viel Hingabe taten ... Oder auch Half-Life, ebenfalls ein Meilenstein, auf dessen Basis damals auch die bekannte Modifikation Counter-Strike lief (CS; reiner Multiplayer-Mod – wie Quake 2 Action, aber viel berühmter), heute ein eigenständiges Programm.
Es war uns nie wichtig, wie viel Blut in diesen Spielen floss oder wie detailliert die Tötungen dargestellt wurden – das alles

war uns egal. Wir glauben auch, dass es 80 Prozent der Spieler genauso geht. Für echte Spieler haben Gewalt oder Gemetzel höchst untergeordnete Bedeutungen, bei ihnen sagen martialische Ausdrücke wie ›Abschlachten‹ gar nichts aus. Die Psychologen, die bei jedem Amoklauf an einer Schule sofort die Computerspiele als Ursache des Übels identifizieren, liegen unseres Erachtens falsch. Sie sollten sich auch die anderen Hintergründe im Leben des Täters anschauen.

Für uns war immer der Wettkampf das Wichtigste: Taktik!! Schneller werden!! Besser sein!! Mehr Glück!! Wie beim Schach. Stunden-, tagelang haben wir daran herumgetüftelt, wie unsere Figuren im Spiel noch geschickter eine tödliche Falle vermeiden, noch gezielter unsere Gegner provozieren könnten. Wir waren unglaublich ehrgeizig – so wie früher auf dem Fußballplatz.

Die Kosten wären für uns Schüler utopisch gewesen. Aber es war für uns kinderleicht, die Spiele aus dem Internet herunterzuladen. Alle Freunde machten das so, auch mit Musik, wir hatten überhaupt kein Unrechtsbewusstsein. Das Thema war damals auch nicht so präsent in den Medien wie heute. Das Wort ›illegale Downloads‹ gab es für uns gar nicht.«

Familie

Benedikt und Benjamin stellten ihre Rechner nebeneinander in ein Zimmer und verschwanden gemeinsam im Netz. Alle paar Stunden ging die Tür auf und irgendein Familienmitglied versuchte, Kontakt aufzunehmen: »Lernt doch endlich mal was!« oder »Geht doch mal raus – ihr könnt doch nicht immer nur im Zimmer hocken.« Doch allein die Vorstellung, sich die Schuhe anzuziehen und einfach so an die Luft zu gehen, wurde als absurd verworfen. »Wir verhielten uns wie Süchtige – der Kontakt zur sogenannten normalen Welt wurde immer schwieriger. Wenn das Internet mal ausfiel, flippten wir aus.«

Einmal kam es bei Benedikt auch ohne Stromstörung zum Blackout. »Wir hatten unsere Rechner übers Wochenende wieder einmal in ein Zimmer gestellt, um eine Verzögerung der Kommunikation durch Ventrilo (wie TS – Teamspeak – oder TS2, eine gängige Software zur Kommunikation zwischen Teammitgliedern übers Internet) zu vermeiden. Irgendwann wollte Benjamin schlafen, ich aber nicht. Er sperrte mich aus.« Benedikt bekam einen Wutanfall und trat die Tür ein, die Familie sah fassungslos zu. »Lagerkoller«, erklärt er heute lakonisch. »Wir hatten zu diesem Zeitpunkt schon sehr viel Zeit aufeinander/nebeneinander gesessen …«

Die Situation spitzte sich zu. Die Zwillinge lebten wie eine WG in ihrem Elternhaus. Keine Zeit mehr für Gespräche, gemeinsame Fernsehabende oder sonstige Aktivitäten: »Wir hatten immer Zeitdruck – die Freunde in der virtuellen Welt warteten ja auf uns. Wenn wir nicht an den PC kamen, konnten die ohne uns das Spiel ja nicht starten!«
Die reale Welt trat in den Hintergrund, die Zeiten verschoben sich, vor allem an den Wochenenden. 12 Uhr Mittagessen? 19 Uhr Abendessen? Wer dachte an so was während einer LAN? Dafür ging es dann um drei Uhr in der Früh schnell zu McDo-

nalds. Oder der Pizza-Service wurde bestellt – Hauptsache, das Essen konnte am Rechner eingenommen werden.

Schule

»Wir haben uns durchs Gymnasium geschmuggelt, mit Dreiern, Vierern und Fünfern. Ab der achten Klasse kriegte Benedikt jedes Jahr einen blauen Brief, Benjamin bekam das irgendwie besser geregelt. In der Nacht vor dem Abitur hat Benedikt noch durchgespielt – gelernt haben wir so gut wie gar nicht zu diesem Zeitpunkt. Da kam zum Suchtverhalten auch noch eine klassische Vermeidungsstragie.
Wir hatten nie den Eindruck, dass die Schule wichtig war. Wichtig war nur, was daheim am PC passierte – nämlich das, was wir wollten. Wir spielten ganz oben in der Liga mit, man kannte uns von den LANs, wir waren erfolgreich und anerkannt. Wir kamen aus der Schule, drückten auf den Knopf und waren angekommen in unserem wirklichen Zuhause, in den von uns selbst gestalteten Netzwerken. Was am Vormittag im Unterricht passiert war – wen interessierte das denn am Nachmittag noch? Die Spielwelt wurde zu unserer wichtigeren Welt. In der Schule sprachen wir zwar auch viel mit den anderen über Computerspiele, Taktiken oder Maps, aber eigentlich war es verlorene Zeit. Zeit, in der wir nicht spielen durften.
Unser Gymnasium bekam die öffentlich immer intensiver geführte Debatte über pädagogischen Internet-Gebrauch natürlich auch mit und wollte den Trend nicht verpassen. Also wurden Internet-Räume eingerichtet mit Computern, die durch Überwachungstools kontrolliert wurden. Aber die Lehrer hatten so wenig Ahnung! Innerhalb kürzester Zeit knackten wir die Programme und spielten mitten in der Schule, direkt unter den Augen der Kontrolleure, die verbotenen Spiele. Die Aufsicht hat nichts davon mitgekriegt.«

Community

»Man lernt im Netz wahnsinnig schnell wahnsinnig viele Leute kennen. 90 Prozent fallen durchs Raster, nur ein paar bleiben hängen, die kennt man dann für immer. Wir haben in den sechs Jahren Tausende von Spielern getroffen, virtuell oder auf LAN-Partys. Mit fünf von denen haben wir heute noch Kontakt, die besuchen uns jedes Jahr zum Oktoberfest.
In den Jahren von 15 bis 19 haben wir uns keinen Meter zu viel bewegt – Schule, Elternhaus, hin und zurück, das war's. Nur zu LANs sind wir gegangen, um gegen die anderen zu spielen. Das ist immer eine ganz besondere Atmosphäre. Es gibt offizielle LANs und private. LANs vor Ort, die eher langweilig waren, und LANs, zu denen die Spieler aus allen Teilen der Republik angereist kamen. Oft haben wir bis zur völligen Erschöpfung gespielt, 36 Stunden, ohne zu essen.

Was gerade während der Pubertät sehr wichtig ist: Im Netz zählt nur das, was man gerade macht. Von uns sagte man: Krass, die beiden spielen wirklich ganz oben mit. Wir hatten uns ein Image kreiert, mit dem wir sehr zufrieden waren – während der Pubertät ist ja so was besonders wichtig. Wenn man sich dann

traf, war unser Anblick für die anderen ein Schock: Wir sahen aus wie zehn, denn wir waren auch mit 15, 16 noch sehr klein. Wenn wir ihnen dann aber zeigten, was wir draufhatten, schlug deren Erstaunen oft in Wut um.
Wir haben nie etwas getrunken, wollten uns nur mit den besten Spielern messen. Aber es gab natürlich genügend andere, die sich im Laufe der Nacht total betranken.
Einmal ging die News von einer LAN in einem Privathaushalt in München herum – wir unseren Computer gepackt und los. Ein Neunjähriger allein daheim, die Eltern verreist – als der Kleine sah, was er mit seinem Rundruf angerichtet hatte, war es schon zu spät. 30 Leute waren gekommen, er verzweifelte, wollte unbedingt, dass wir wieder gehen – keine Chance. Wir spielten und spielten, er wurde in der Küche eingesperrt und musste Pizza für alle backen. Irgendwie gelang es ihm dann doch, seine Eltern zu alarmieren. Als wir hörten, dass die um sechs in der Früh im Anmarsch waren, hieß es: Nichts wie raus hier! Wir verschwanden im Morgengrauen, das Haus war verwüstet.«

Friends

»Die wirklich guten Spieler, das waren Gymnasiasten und Studenten. Das waren die, die wie wir Computerspiele für eine besonders fein abgestimmte Art von Schach hielten. Eher unangenehm, das heute zuzugeben, aber wir waren während unserer Sucht wohl unterbewusst auf der Suche nach unserer Elite. Das waren die Typen, die mit Strategie ihr Spiel durchzogen – im Gegensatz zu den anderen, die sich vom Geschehen leiten ließen und immer wieder neu überlegen mussten. Es gab Spieler, die spielten, und Spieler, mit denen gespielt wurde – wir gehörten zu den ersten.
Wir hatten unsere eigene Sprache, verstanden die Spiele anders als andere, unser Puls beschleunigte sich auf 180 in extremen

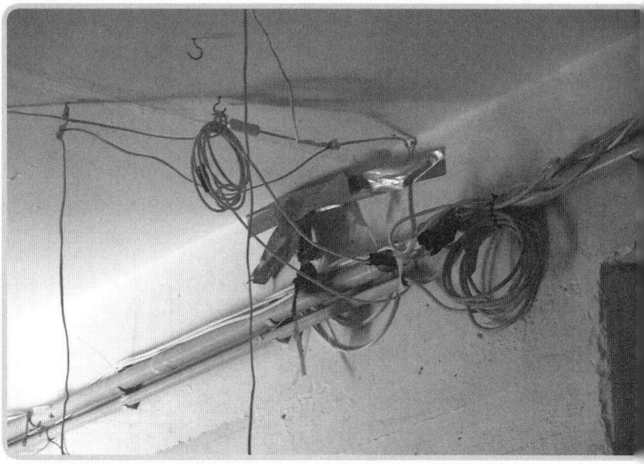

Spielsituationen, wir trainierten unseren Geist und kontrollierten unseren Willen, wir wollten nichts anderes als immer nur besser werden – wir fanden uns gut.
Da gab es zum Beispiel damals in Freiburg einen Clan, dessen Mitglieder waren richtig perfekt, unsere Vorbilder. Mit denen spielten wir zwei Jahren lang jeden Tag sechs, sieben Stunden. Eines Tages fror plötzlich das Bild ein, der Server stürzte ab, die Freiburger waren weg und tauchten nicht wieder auf. Wir hatten keine Möglichkeit, sie wiederzufinden, keine Kontaktdaten, nichts. Das war ganz schön hart, wir verloren wichtige und gute Freunde. Über ein Jahr später haben wir dann einen von denen in einem anderen Spiel wiedergefunden – große Freude: ›Bouncer ist wieder da!‹ Bouncer war wie wir ein Spieler auf dem Server, über den wir dann wieder den Kontakt zu den Freiburgern herstellen konnten – das sind jetzt die Freunde geworden, die uns seitdem jedes Jahr zur Wiesn-Zeit in München besuchen.

Freundinnen? Wir sind nie in Discos gegangen, uninteressant. Unsere Freundinnen lernten wir auf den LANs kennen. Optimal war, wenn die mit uns spielen konnten.
Wobei: Der Vorteil spielender Freundinnen war auch für uns weniger, dass sie gut am PC waren, sondern dass sie vielmehr

die ›Leistungen‹, die wir online erbracht hatten, einigermaßen nachvollziehen konnten. Vor allem aber, dass sie bereit waren, Verständnis für diese Art des exzessiven Zeitvertreibs aufzubringen.
In der Community war es sehr wichtig, eine Freundin zu haben. Um den anderen zu zeigen, dass man nicht nur super spielen, sondern dass man ›es‹ auch im wirklichen Leben ›kann‹. Es gibt da einen Spruch: Was du nicht besiegen kannst, musst du kaputt flamen (beleidigen). Zur Erklärung: Wenn einer super spielte, gab es drei Reaktionen darauf. Ein echtes Kompliment: Hey, du bist super – das war sehr selten. Die ge»flamte« Reaktion, schon ziemlich abfällig: Hey, du bist super – hast du auch noch ein anderes Leben? Oder die volle Abfuhr: Sei stolz drauf! Hast ja sonst kein Leben!
Mit einer Freundin an der Seite war jedem klar, dass wir nicht nur Spitze spielten, sondern auch noch ein real life hatten.«

Escape

»Wir waren süchtig, wir waren abhängig, wir zeigten Entzugserscheinungen, und das alles über viele Jahre hinweg. Dann wurden wir 20 Jahre alt, und alles war vorüber. Die Spiele interessierten uns nicht mehr, wir hatten keinen Bock mehr darauf, nur noch vor dem PC zu hocken – Schluss, aus.«

Eigentlich hatte die Ablösung schon vor dem Abi angefangen, zumindest für Benedikt. Der wechselte, nach der freiwilligen Wiederholung der 12. Klasse, noch einmal die Schule, Benjamin machte Zivildienst. Das enge Miteinander der Zwillinge war vorüber. Beide aber spielten weiterhin im Netz, Benjamin nach wie vor in der Liga, Benedikt nur noch zum Spaß.
Benedikt: »Ich musste in eine neue Stadt und mir an der neuen Schule allein ein Umfeld aufbauen – und auf einmal hatte ich

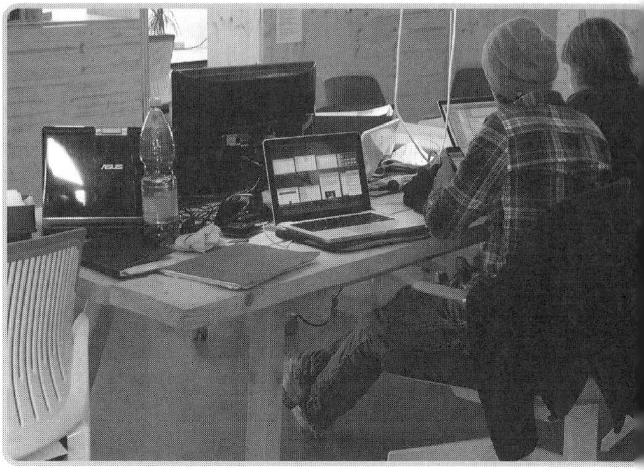

das Gefühl, am PC Zeit zu verschwenden. Ich wollte zurück ins real life, wollte echte Kontakte aufbauen, bin in den Sportverein gegangen und habe abends noch Kung Fu belegt – das alles hatte plötzlich den größeren Reiz für mich. Die Freunde aus dem Netz fehlten mir nicht wirklich. Ich dachte mir, Benjamin hält ja den Kontakt, da kann ich immer wieder einsteigen.«

Aber dann kam der ungewöhnlich sonnige Sommer 2005, die herrlichen Monate nach dem Abitur: Schwimmen, Sonnen, Natur. Dann die Vorbereitungen auf das Studium und der Umzug zurück nach München, wo die Bennis die RL-Freunde (RL = real life) von früher wiedertrafen. Das Leben war auf einmal richtig wunderbar.

Benedikt: »Das Abi war geschafft, wir schauten plötzlich über den Tellerrand und sahen neue Horizonte. Ich hatte keinen Bock mehr, im Keller zu sitzen, während draußen die Schiffe vorbeizogen.«

Benjamin: »Wir sind ins Kino gegangen, haben an den Seen gegrillt, sind um Mitternacht durch Schwabing gekurvt auf der Suche nach Eisdielen – wir machten all das, was andere erleben, wenn sie 15 sind. Wir vergaßen das Internet. Mit all den Freunden, die für uns sechs Jahre lang so wichtig gewesen waren.«

Und umgekehrt, auch die Freunde aus der virtuellen Welt vergaßen die Bennis. Zum Teil kehrten auch sie ins real life zurück, wie die Zwillinge im Laufe der Zeit immer mal wieder erfuhren – auch diese Ex-Nerds begannen ihre Ausbildungen und beendeten das Parallelleben. Zurück im Netz blieben die heavy user.

Ende

»Als es Herbst wurde, nahmen wir wie alle anderen den Studenten-Alltag auf und kommunizierten ohne Probleme mit der normalen Welt.
Peinlich, manchmal unterliefen uns noch Fehler, weil wir in unseren Chatter Slang zurückfielen. Wenn wir zum Beispiel ›lol‹ sagten, sobald einer einen Witz machte (lol = laugh out loud, also: haha) und die anderen dann ganz verdutzt schauten. Oder wenn wir auf die Frage, ob wir mit in die Disco gehen, mit ›11elf‹ antworteten (= klar! Unbedingt! – entstanden auf der PC-Tastatur: viermal die elf für eine Reihe von Ausrufungszeichen, für die die Shift-Taste nicht gedrückt worden war).
Wir begannen mit unserem Studium und saßen wieder stundenlang am PC, aber diesmal für die Uni. Die Abi-Noten waren nicht super, sie wären ohne unsere Online-Sucht ganz bestimmt besser gewesen, aber was soll's. Nicht zu ändern.

Wir werden Lehrer. Wir werden mit Schülern arbeiten, die möglicherweise die gleichen Probleme haben wie wir damals. Vielleicht kommen sie ja damit zu uns, dann könnten wir ihnen sagen, wir waren selber mal in der Situation. Wir kennen uns aus.«

elke reichart

Die Bennis: Ein Dreiteiler

Teil Zwei: Die Schwester der Bennis

Ich habe vier Geschwister, drei jüngere Brüder, eine ältere Schwester. Die Zwillinge Benjamin und Benedikt sind die jüngsten, uns trennen sieben Jahre. Für sie hatte ich immer eine Art Beschützerrolle. Ich wickelte sie, betreute sie, sang sie in den Schlaf. Als sie in den Kindergarten gingen, organisierte ich ihre Geburtstage: Topfschlagen, »heiße Bonbons«, Schokoladenessen … Wir hatten viel Spaß miteinander. Als sie dann selbst sieben Jahre alt waren und fragten, was denn »schwul« bedeute und meine Eltern sich in die üblichen Antworten flüchteten (»du meinst wohl schwül …«), da erzählte ich ihnen alles, wirklich ALLES, und wohl viel mehr, als die Kleinen überhaupt begreifen konnten.

Ich hatte in meiner Jugend viele Schwierigkeiten – vor allem mit meiner Mutter, immer ging es um Politik, um Religion und das Leben an sich. Ich kämpfte Tag für Tag – nicht nur meinen eigenen Ablösekampf –, sondern für meine Brüder gleich mit, sie sollten nicht eins-zu-eins annehmen, was ihnen daheim vorgelebt wurde. Irgendwann kapitulierte ich, hungerte mich schier in die Knochigkeit – das war wohl der Zeitpunkt, als ich die Bennis aus den Augen verlor. Als ich mein Gleichgewicht wiederfand und wieder zunahm, zog ich aus. Benjamins trauriger Kommentar: »Du verlässt das sinkende Schiff …«

»Wir wollen nur euer Bestes« – heute glaube ich das meinen

Eltern. Ich habe selbst eine Tochter, arbeite in einer Sozialberatung und versuche zu funktionieren. Alles so gut wie möglich zu machen. Mehr denn je spüre ich meine eigenen Grenzen. Ich habe heute mehr Verständnis für meine Eltern, die wohl oft total überfordert waren. »Ich wollte euch doch nur motivieren« – das kam bei uns leider nicht so an. Wie oft hörten wir, dass das Kind XY viel besser sei, dass selbst eine gute Note noch viel besser sein könnte oder dass wir bei schlechten Noten versagt hätten?

Kurze Zeit nach meinem Weggang zogen meine Eltern 160 Kilometer weit aufs Land. Alles, was ich fühlte, war Wehmut, weil unsere schöne Altbauwohnung aufgegeben wurde, Mitleid für meine Brüder, die alle drei mitziehen mussten (meine Schwester hatte sich längst selbstständig gemacht) und Erleichterung, weil sich meine Eltern von mir entfernten.

Von Zeit zu Zeit besuchte ich die Familie und erkannte schon bald, wie sehr sich die Bennis veränderten. Die beiden hatten schon immer ihre eigene Welt, ihre eigene Sprache gehabt, das hatte mir eigentlich immer imponiert. Sie hörten zum Beispiel mit fünf Jahren im Radio dauernd die Nachrichten, lernten mit acht alle Hauptstädte der Welt auswendig (wenn sie nicht schlafen konnten, fragten sie sich gegenseitig ab – die Weltkarte hing ja überm Bett) oder schliefen mit zehn neben dem Bett auf dem Boden, zur Abhärtung.

Jetzt aber stellte ich zu meinem Entsetzen fest, dass sich die Bennis überhaupt nicht mehr weiterentwickelten. Sie saßen nur noch in ihren Zimmern vor dem dröhnenden, flimmernden PC und waren auch für mich unerreichbar geworden. Ich stand vor der Tür, hörte das ständige Wummern und Plärren, und wenn ich die Tür öffnete, sah ich ihre Rücken und bekam ihr Desinteresse an mir demonstriert. Diese Arroganz machte mich aggressiv und wütend, ich reagierte mit Unverständnis, konnte mit der Situation nichts anfangen. Auch mit dem Medium nicht – das typisch männlich-weibliche Nutzungsverhalten zeichnete sich auch bei uns ab: Die Jungs spielten, ich chattete und mailte.

Die Bennis spielten Egoshooter, Counter-Strike (= CS). Ich kannte dieses Spiel von meinem damaligen Freund. Er hatte »die Kleinen« ja sogar mal auf eine sogenannte LAN mitgenommen, damals waren sie noch relativ neu in dieser Welt. Kurze Zeit später zogen sie an meinem Freund vorbei und wurden besser, viel besser. Und verschwanden in der virtuellen Welt. Keine Partys, keine Mädchen, kein Alkohol, das alles spielte in ihrem Leben keine Rolle.

Irgendwann war ich nahe dran, die beiden abzuschreiben, was mir wehtat – sie waren so gescheit gewesen … Ich versuchte, mir einen Reim auf das Geschehen zu machen: Die beiden waren in München beliebt gewesen, hatten Freunde gehabt, hatten versucht, in ihrer neuen Heimat Erfolg zu haben, waren gescheitert und in eine Parallelwelt geflüchtet. Ein Teufelskreis.

Benedikt stand seit Beginn der Pubertät im Schatten seines »jüngeren« Bruders Benjamin. Er war ruhiger, besonnener, emotionaler, sensibler, selbstkritischer. Das Computerspiel verband die beiden und doch brachte es sie auch ein Stück auseinander. Eher so: Gemeinsam einsam.

Benjamin spielte aggressiv, spielte seine Wut aus über den Umzug, die Isolation, das Desinteresse der Eltern, die große Langeweile. Benedikt flüchtete in eine Welt, wo er anders sein durfte, in der er Anerkennung bekam für das, was er leistete. So wurden die Wege wirrer und meine Angst und mein Unverständnis immer größer.

Ich erinnere mich an die gemeinsamen Essen zu Weihnachten oder Ostern. Sieben Familienmitglieder, wenig Platz am Esstisch, die Mutter stets angespannt und nervös. Die Bennis hauten nur schnell das Essen rein und waren nach kurzer Zeit wieder in ihren Zimmern zu den PCs verschwunden. Und wir anderen Kinder überlegten auch nur, wann wir wieder den Absprung machen konnten. Es war immer sehr ungemütlich.

Irgendwie hatte ich endgültig den Kontakt zu den Bennis verloren. Die Zwillinge waren kurz angebunden und zeigten kein Interesse mehr für Dinge außerhalb der Computerwelt, zu der ich nicht gehörte. Benjamin immerhin kam manchmal zum Übernachten zu mir, nach einer durchspielten LAN-Nacht. Benedikt dagegen zog sich ganz zurück. Später erfuhr ich, dass er lieber im kalten Auto schlief als bei mir zu klingeln. Eine gewisse Scham spielte wohl auch eine Rolle.
Er war es, der meiner Meinung nach den Absprung zuerst schaffte. Benedikt wechselte die Schule und konnte endlich er selber sein. Ohne Zwilling. Ohne Schattendasein. Er begann mit Leistungssport, interessierte sich für Kampfsporttechniken und entwickelte daraus eine Leidenschaft, die größer wurde als die für PC-Spiele. Durch den Kampfsport konnte er sich neu definieren. Eine Gemeinschaft, Freunde finden, die ihn annahmen, in der er etwas leistete und auch von außen gesehen und bewundert wurde. Interessant, dass Benjamin dadurch inspiriert wurde, auch mit dem Kampfsport anzufangen – er wollte die Begeisterung teilen.

Nach einer längeren Trennungsphase leben die beiden nun wieder in einer Stadt. Und das ist gut, weil sie viel verbindet. Sie werden gesehen – jeder für sich. Auch wenn sie nach wie vor oft verwechselt werden: An der Uni zum Beispiel werden sie oft von Menschen gegrüßt, die sie noch nie gesehen haben.

»Selbstbewusstsein ist das Wichtigste«, sagte Benjamin neulich, als wir zum ersten Mal über damals redeten. Ja, Benjamin, da gebe ich dir recht. An sich glauben und daran, dass man Dinge – Krisen und Lebensaufgaben – bewältigen kann und Aufgaben, die einem gestellt werden, gut macht. Leider war dafür wenig Platz.

Es ist egal, ob der Weg zur Selbstbestätigung in Spielen oder bei anderen Dingen oder Personen gesucht wird, ob die Suche nach Anerkennung in einer Essstörung oder in einer anderen selbstschädigenden Weise »endet«. Ob das Medium zur Flucht oder Ablenkung genutzt wird. Irgendwie geht es im Endeffekt doch um ein und dasselbe.

Heute sind wir Geschwister alle »etwas«. Jeder hat studiert, jeder hat einen festen Job oder steht kurz vor dem Ende des Studiums. Und doch fühlt es sich so an, als ob es nicht reicht. *Kann ich jemals gut sein? Genügen?*

patrick durner Die Bennis: Ein Dreiteil

Teil Drei: Der Experte für Computerabhängigkeit

Meine eigene Karriere zum Thema Sucht begann schon im Jugendalter. Damals, mit 15, 16, interessierte mich schon, welche Faktoren Menschen zu Süchtigen machen konnten. Ich las Klassiker wie »Christiane F. – Wir Kinder vom Bahnhof Zoo« und ähnliches, sah mir gebannt Dokus über Drogensüchtige an und war mir sicher, eines Tages süchtigen Menschen helfen zu können. Dementsprechend bewarb ich mich nach dem Abitur an einer Klinik für suchtkranke Jugendliche und wurde auch angenommen. Und hier erfuhr die Naivität aus den Jugendjahren einen herben Dämpfer. Rückfallquoten bis zu 80 Prozent, und eine Eigenmotivation der Patienten, die gegen Null ging, öffneten mir die Augen, dass das Thema Sucht doch nicht so leicht zu lösen ist, wie ich dachte.
Dass dreizehn Jahre später das Thema Sucht in Verbindung mit Medien gebracht werden würde, hätte ich damals nie gedacht, wenngleich ich die Faszination von Computer- und Konsolenspielen von klein auf selbst erlebt habe und somit sehr gut nachvollziehen kann.

Während des Pädagogikstudiums stieß ich auf den Bereich Medienpädagogik und wählte ihn als freiwillige Zusatzqualifikation. Dort ging es unter anderem um die Medienwirkungsforschung, also darum, welche Auswirkungen Medienkonsum haben kann. Insbesondere der Bereich der gewalthaltigen Medien ist sehr umfangreich untersucht worden. Das Resümee verschiedener Seminare und Literatur lautete: Es gibt keine lineare Wirkung von Medien! Heißt, kein Medium wirkt auf alle Menschen gleich. Deshalb lautet die Fragestellung der neuen Medienwirkungsforschung nicht mehr: Was machen die Medien mit dem Menschen, sondern: Was macht der Mensch mit den Medien? Im Klartext: **Wer** nutzt **welches** Medium **wie?**

Heute leite ich eine kleine Einrichtung, die in der Suchtprävention sowie im Bereich der exzessiven Mediennutzung und Medienabhängigkeit tätig ist.

Als ich vor vier Jahren in der Suchtprävention anfing, ging es inhaltlich hauptsächlich um Alkohol- und Drogenprävention. Vielleicht noch hin und wieder um Essstörungen. Der Begriff Computersucht tauchte immer mal wieder am Rande auf, und so begann ich zu recherchieren. Nerds, die einen Großteil ihrer Freizeit vor dem PC verbrachten, kannte ich schon von früher, aber niemals in Zusammenhang mit dem Begriff Sucht. Mit Spannung verfolgte ich die Entwicklung des Themas, das seit der Entwicklung von onlinefähigen Spielen sowie der Verbreitung von Internet-Flatrates größere Ausmaße annahm als bisher.

Einblicke in andere Länder brachten einen Vorgeschmack auf das, was uns blühen könnte. Beispiel Südkorea: Es gibt eine Profiliga von Computerspielern; ein Profispieler (Pro-Gamer) verdient im Jahr bis zu 230.000 Dollar plus Preisgelder bei Turnieren. Drei Fernsehstationen berichten über nichts anderes als Videospiele und E-Sport. Es gibt eine Rangliste ähnlich wie in der Fußball-Bundesliga. Ranglistenspiele werden von tausenden Menschen live oder eben vor dem Fernseher verfolgt.

Die Pro-Gamer haben eine eigene Merchandising-Kollektion. Von Tassen über T-Shirts bis hin zur Bettwäsche. Es sind gefeierte Idole für Tausende von Menschen, die davon träumen, ebenfalls einmal mit Computerspielen Geld verdienen zu können. Mehr dazu unter http://de.wikipedia.org/wiki/E-Sport

Dieser Trend ist mittlerweile auch nach Europa geschwappt. Computerspieler, die bei Turnieren teilnehmen, werden nun als E-Sportler bezeichnet. Es gibt die ESL, die Electronic Sports League, sowohl für Amateure als auch für Pro-Gamer. Seit der Gründung der ESL im Jahr 2000 wurden insgesamt 1.200.000 € an Preisgelder ausgeschüttet (www.esl.eu/de). Genug Anreiz also, um auch hierzulande davon zu träumen, sein Taschengeld durch das aufzubessern, was einem ohnehin Spaß macht. Aber wie im realen Sport gelingt das nur den wenigsten – nur denen, die Disziplin aufbringen, die hart trainieren und vor allem auch einen Ausgleich zum Computerspielen haben.

Dass die Zahl derer, die sich komplett aus dem realen Leben verabschieden und nur noch virtuell existieren, ansteigt, hat sicherlich mehrere Gründe. Wie oben bereits beschrieben, gibt es nicht **die** Ursache für eine Suchtentwicklung, und es sind auch nicht **die** bösen Spiele, die unsere wehrlosen Kinder abhängig oder gewalttätig machen. Suchtentwicklung ist ein komplexer Prozess aus verschiedenen Faktoren, die miteinander und gegeneinander wirken.

Am Besten veranschaulicht das ein Modell von Kielholz und Ladewig aus dem Jahre 1973, das jedoch nichts an Aktualität verloren hat und nach wie vor zu einem der wichtigsten Suchtentstehungsmodelle in der Suchtprävention zählt, das sogenannte Suchtdreieck:

Suchtdreieck

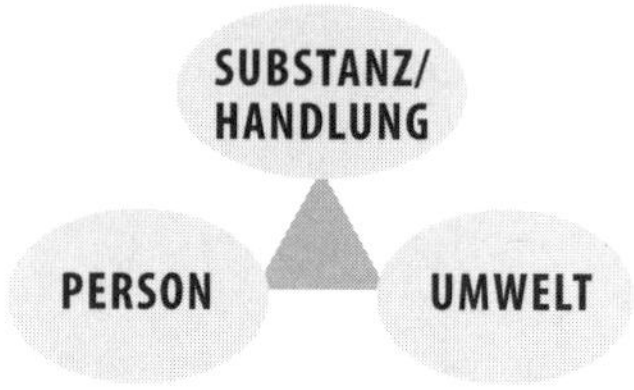

Richtig ist also, dass der Computer sicherlich einen Teil dazu beitragen kann, dass sich ein abhängiges Verhalten entwickelt, allerdings nur in Kombination mit den Personenfaktoren und den Umweltfaktoren. Eine Sucht kann sich nur dann entwickeln, wenn alle drei Ecken beteiligt sind. Ein Spiel kann noch so großartig und faszinierend sein – wenn die Person über entsprechende Ressourcen verfügt, wird es nie mehr als ein Hobby werden.

Am Beispiel der Bennis lässt sich das ziemlich anschaulich verdeutlichen: Der Umzug aufs Land, die gescheiterten Versuche, neuen Anschluss zu finden, die Möglichkeit, über Internet Kontakt zu den Freunden in München zu halten, die schwierige Situation in der Familie, die mangelnden Freizeitmöglichkeiten, wenig persönliche Bestätigung und Anerkennung. All das sind negative Faktoren an den Eckpunkten Person und Umwelt. Und dann das Spiel als Möglichkeit, sich einerseits aus der Familiensituation zu flüchten, Anerkennung zu bekommen, das Selbstwertgefühl aufzubauen und von anderen bewundert zu werden.

Ähnliches erleben wir in unserer Arbeit immer wieder, wenn sich Menschen wegen eines problematischen Computernutzungsverhaltens an uns wenden: Häufig eine schwierige Familiensituation, wenig Freizeitmöglichkeiten (finanziell oder strukturell), kaum Bestätigung und Anerkennung von anderen, wenig Vertrauen in die eigenen Fähigkeiten. »Was soll ich denn da draußen im real life? Das ist doch eh langweilig.« Diesen Satz habe ich diverse Male gehört. Und wenn man sich die Computerspiele mal näher betrachtet, scheint das auch zu stimmen. Im Spiel wird man ständig belohnt. Für alles, was man »leistet«, bekommt man Anerkennung und Auszeichnungen, sei es in Form von Artefakten oder in Form von neuen Fähigkeiten, Ruhm und Ranglistenpunkten.

Im Gegensatz dazu ist das reale Leben tatsächlich zäh. Um Gitarre spielen zu lernen, muss ich jahrelang üben, und nur wenn ich einen richtig guten Gitarrenlehrer habe, bekomme ich dafür Anerkennung. Wenn ich dann irgendwann einmal mit einer eigenen Band auftreten kann und auf der Bühne bejubelt werde, hat es sich auch gelohnt, aber bis dahin ist ein sehr weiter Weg.

Jugendliche leben deutlich mehr im hier und jetzt als Erwachsene. Sie wollen JETZT Erfolg und Bestätigung, und vor allem brauchen sie Anerkennung. Das Gefühl, irgendwas gut zu können, von anderen respektiert zu werden für das, was sie können. Und Jugendliche brauchen Aufgaben und Herausforderungen, in denen SIE einen Sinn sehen. »Das ist doch Zeitverschwendung«, höre ich oft von besorgten Eltern. Was sinnvoll genutzte Zeit ist, dazu gibt es sehr unterschiedliche Ansichten. Der eine sammelt Briefmarken, die andere Schuhe, der eine hockt in der Kneipe, die andere vor der Glotze. Wenn man sich anschaut, wie diszipliniert und ausdauernd Jugendliche in Bezug auf Sport sein können, welchen Ehrgeiz sie entwickeln können, wenn es darum geht, einen neuen Trick mit dem Skateboard oder BMX zu lernen, dann sieht man ziemlich deutlich, wie wichtig es für Jugendliche ist, EIGENE Ziele zu haben. Immer wieder Erfolge selbst zu spüren und auch von anderen Anerkennung dafür zu bekommen.

Computerspiele sind so programmiert, dass jeder sie in einer gewissen Zeit lernen kann. Talent braucht es dazu nicht, und körperliche Voraussetzungen spielen keine große Rolle. Und für jeden noch so kleinen Fortschritt wird man belohnt. Das motiviert ungemein. Je fesselnder ein Spiel, desto bessere Kritiken bekommt es in Spiele-Zeitschriften oder auf einschlägigen Gamer-Internetseiten. Dementsprechend setzen Spiel-Entwickler viel daran, die Sogwirkung der Spiele immer weiter zu erhöhen. Sei es durch ansprechende Grafik, durch ein ausgeklügeltes Belohnungssystem, spielerische Freiheiten, die nicht mehr nur einer linearen Story folgen oder auch durch noch detailliertere Darstellungen von Gewaltausübung etc. Schon einige Male habe ich als Eigenwerbung für ein Spiel Sätze wie »Macht absolut süchtig« gesehen. Auch Jugendliche nutzen die Bezeichnung »süchtig machend« als Qualitätskriterium. In einigen Spiele-Zeitschriften wird bei Testberichten sogar das Suchtpotenzial mit angegeben, wobei ein hohes Suchtpotenzial dann natürlich FÜR das Spiel spricht. Stellen Sie sich dies mal in Bezug auf andere Suchtmittel vor: »Dieser Spielfilm wird präsentiert von ›Radebacher‹ – macht absolut süchtig«. Völlig undenkbar!

Internationale Wissenschaftler und Praktiker suchen nun seit einigen Jahren die Antwort auf die Frage, ob es denn überhaupt so etwas wie eine Mediensucht gibt. Die einen sagen, es gibt keine Mediensucht: Wenn Leute ein problematisches

Mediennutzungsverhalten entwickeln, dann ist bei diesen Personen eine Störung vorhanden, die sich nur anhand des Mediennutzungsverhaltens ausprägt.

Die anderen (und zwar mittlerweile die Mehrheit) sind der Meinung, dass Mediensucht (übrigens nicht nur bezogen auf Computer, sondern natürlich auch auf alle anderen Medien) ein eigenständiges Phänomen ist, das sicherlich – wie jede andere Sucht auch – Ursachen auch in der Person hat. Es muss aber nicht zwangsläufig eine klinische Auffälligkeit sein.

Studien haben gezeigt, dass Computersüchtige häufig auch eine depressive Erkrankung haben. Was davon Ursache und was Auswirkung ist, kann dabei nicht genau festgestellt werden. Schwierig ist für Kliniken und Beratungsstellen in jedem Fall die Abrechnung der Behandlung eines Mediensüchtigen bei den Krankenkassen, sofern keine Begleiterkrankung vorliegt, da Mediensucht aktuell noch nicht als Krankheit anerkannt ist. Formell heißt das, ein Mediensüchtiger kann nur dann Hilfe bekommen, wenn er eine andere Störung hat oder ihm eine andere Störung diagnostiziert wird, die auch abrechenbar ist. Dies verzerrt dann natürlich wiederum die Statistiken.

Weltweit gibt es mittlerweile mehrere Todesfälle, die auf eine Mediensucht zurückgehen. Die meisten starben an Dehydrierung, Erschöpfung und Kreislaufkollaps. Bewegungsmangel, Fehlernährung, Sauerstoffmangel und Schlafmangel über Jahre hinweg: Versteht sich, dass das alles andere als gut ist für den Körper. Auch Morde und Selbstmorde sind in Bezug auf die Computersucht zu verzeichnen. Möglicherweise sensibilisiert das die Hersteller eines Tages, das Suchtpotenzial nicht mehr als Qualitätskriterium heranzuziehen.

Suchtkriterien

Stichwort Diagnose: Die häufigsten Fragen, die ich von Eltern höre, sind: »Ab wann wird denn der Computerkonsum zum Problem?« und »Ist mein Kind schon süchtig?«. Leider ist eine Antwort darauf nicht so einfach, wie sich das manche Menschen wünschen würden: Bis zu zwei Stunden am Tag ist okay, ab zwei Stunden und einer Minute wird's kritisch. Es gibt unterschiedliche Versuche zu definieren, wann tatsächlich ein problematisches Computernutzungsverhalten vorliegt. Hier die Einordnung, die der Fachverband Medienabhängigkeit erstellt hat (Näheres dazu unter www.fv-medienabhaengigkeit.de):

Diagnostische Kriterien für Computerspielabhängigkeit

A) Zeitkriterium: Persistenz der Symptomatik

Die Symptomatik der Computerspielabhängigkeit muss über einen Zeitraum von mindestens drei Monaten kontinuierlich bestanden haben.

B) Psychopathologische Kriterien der Symptomatik

B1) Primäre Kriterien: Abhängigkeitsverhalten

1. Einengung des Denkens und Verhaltens
2. Kontrollverlust
3. Toleranzentwicklung
4. Entzugserscheinungen
5. Dysfunktionale Regulation von Affekt oder Antrieb
6. Vermeidung realer Kontakte zugunsten virtueller Beziehungen
7. Fortsetzung des Spielens trotz bestehender oder drohender negativer Konsequenzen

B2) Sekundäre Kriterien: Negative Auswirkungen

1. Körperliche Konsequenzen im Bereich Körperpflege, Ernährung und Gesundheit

2. Soziale Konsequenzen im Bereich Familie, Partnerschaft und Freizeit
3. Leistungsbezogene Konsequenzen im Bereich Schule, Ausbildung, Arbeit und Haushalt

C) Ausschlusskriterium

Das pathologische Computerspielverhalten lässt sich nicht durch eine Manie oder Zwangserkrankung erklären.

Wieder am Beispiel der Bennis veranschaulicht:

Der Zeitraum der exzessiven Nutzung wurde mit sechs Jahren angegeben. Das Freizeitverhalten und das Denken konzentrierten sich fast ausschließlich auf die Computerspiele. Ein selbstständiger Spielstopp war kaum mehr möglich. Entzugserscheinungen wurden beschrieben, der schwierigen Familiensituation wurde mittels der Computerspiele entflohen. In der neuen Umgebung wurden kaum reale Kontakte geknüpft, die Bennis wollten »nur in Ruhe gelassen werden und spielen«. Es gab negative Konsequenzen im Bereich der Familie, die schulischen Leistungen waren gerade so ausreichend, die Versetzung war mehrfach gefährdet, dennoch wurde weitergespielt. Somit waren einige der Suchtkriterien erfüllt. Computersucht kann verschiedene Bereiche umfassen: Computerspiele, Kommunikation, Pornografie, Informationssuche, Downloads. In der Praxis finden sich meist Mischformen, wie z.B. Spieler, die nebenbei viel kommunizieren oder Downloaden und ähnliches.

Im Jugendalter können exzessive Phasen durchaus vorkommen, ohne dass hieraus langfristig negative Konsequenzen entstehen müssen. Die Jugendphase ist geprägt von relativ schnellen Interessenwechseln und eben auch exzessiveren Episoden. Bei Fachtagungen hab ich schon mehrfach von

KollegInnen gehört, dass es Jugendliche gibt, die über Jahre exzessiv spielen und von einem Tag auf den anderen das Interesse an dem Spiel verloren hatten, weil es neue Prioritäten gab. Also nicht jede/r, die/der exzessiv spielt, chattet oder sonst etwas am Computer macht, wird dadurch seine Existenz aufs Spiel setzen. Auch die Bennis haben letztendlich die Kurve gekriegt. Wer sich an seine eigene Jugend zurückerinnert, dem werden sicherlich auch einige Leute einfallen, die exzessive Phasen durchgemacht haben, die sich bei den meisten irgendwann »ausgewachsen« haben.

Prävention von Mediensucht

Eine weitere sehr häufig gestellte Frage ist die, wie man denn im Vorfeld verhindern kann, dass Kinder oder Jugendliche eine Computersucht entwickeln. Dazu hat die Medienpädagogik eine ganz klare Haltung: Kompetenter Umgang mit Medien muss erlernt werden, und zwar von klein auf. Ein Kind, das grenzenlosen Zugang zu Spielkonsole, Fernseher oder Handhelds (Nintendo DS oder Playstation Portable) hat und nie Grenzen gesetzt bekommt, wird beim ersten eigenen Computer, der noch viel mehr zu bieten hat als nur Spiele, eher Schwierigkeiten haben, ein Ende zu finden. Gleichzeitig sind die Grundsätze der Suchtprävention zu beachten: Hat das Kind außer den Spielen noch Hobbys und Interessen, wo es sich als kompetent und wertvoll erleben kann? Kriegt es genügend Anerkennung sowohl durch die Eltern als auch Gleichaltrige?

Aber auch die Vorbildfunktion der Erwachsenen spielt eine Rolle: Wie wird die Emotionskontrolle vorgelebt, was macht Mama, wenn sie Stress hat, was macht Papa, wenn er Frust hat etc. Dann natürlich auch das Mediennutzungsverhalten der

Eltern. Wenn Papa heimkommt, kurz Hallo sagt und dann im Keller zu seinem PC verschwindet, gleichzeitig aber seinem Sohn zwei Stockwerke darüber verbieten möchte, am Computer zu spielen, ist dies nicht unbedingt glaubwürdig.

Zusammengefasst heißt das: Sobald Kinder mit Medien in Kontakt kommen, müssen sie auch lernen, dass es Grenzen gibt. Je jünger die Kinder, desto kürzer sollten die Medienzeiten sein. Auch eigene Geräte im Zimmer würde ich frühestens ab 16 Jahren empfehlen. Für Jugendliche empfiehlt sich ein Wochenbudget, da manche Spiele längere Spielphasen erfordern.

Hier nochmal als Übersicht:
- Schon im Kindesalter Grenzen setzen, was die Dauer des Medienkonsums anbelangt
- Vorbildfunktion der Eltern in Bezug auf Freizeitverhalten insgesamt
- Vorbildfunktion der Eltern in Bezug auf Emotionsregulation
- Alternative Interessen des Kindes anregen und unterstützen
- Reale Kontakte zu Gleichaltrigen unterstützen
- Lob und Anerkennung im Alltagsstress nicht vergessen!
- Altersfreigaben der Spiele beachten
- Interesse am Kind und seinen Hobbys zeigen, evtl. auch einmal mitspielen
- Mit zunehmendem Alter Regeln und Grenzen gemeinsam aushandeln

Mittlerweile gibt es deutschlandweit einige Hilfsinstitutionen, die sich auch auf das Thema Mediensucht spezialisiert haben. Sollten Sie Fragen haben oder Unterstützung brauchen, wenden Sie sich dorthin. Wo die nächste Anlaufstelle in Ihrer Nähe ist, finden Sie unter www.fv-medienabhaengigkeit.de.

elke reichart

Betahaus Berlin – Netzwerke im real life

Was ist das denn, euer »Betahaus«?

» Wir sind ein »coworking space« – ein zentraler Arbeitsort für Solo-Selbstständige. Bei uns können 120 User entweder Voll- oder Teilzeit arbeiten, die Meeting-Räume nutzen, einfach nur ihre Post abholen oder im Café nach Kommunikation suchen. Freiberufler, meist aus der Kreativszene, die sich nicht festlegen, aber vernetzen wollen – nicht nur via Facebook oder Xing, sondern mit echten Menschen.

Und warum der Name »Betahaus«?

» Uns fielen zuerst Begriffe aus der Software-Entwicklung ein – »Beta-version« oder »Beta-phase«. Sie beschreiben die Art am besten, wie wir das Betahaus gestalten wollen – als einen Prozess mit offenem Ende. Das Betahaus entwickelt sich ständig weiter, es wird nie ganz fertig.

Früher Mittwochvormittag im Café im Betahaus. Interview mit Madeleine von Mohl, groß, schlank, Ende Zwanzig. Sie gehört zu den sechs Gründern des größten deutschen »Coworking Space«.
An der Theke gibt es Bionade und Sandwichs, an den Wänden hängen Bilder junger Fotokünstler, die Musik bleibt im Hinter-

grund. Um diese Zeit erst wenige Gäste noch, sie grübeln hinter ihren Laptops und wirken beschäftigt. Ein Blick über die Schultern zeigt jedoch, dass es durchaus auch um die vierte Staffel von »Mad Men« oder »How I met your mother« geht und natürlich um Facebook.

Rückblick: Berlin, Anfang 2009. Madeleine von Mohl und ihre Freunde, alle Freiberufler, finden keinen Platz für das gemeinsame Arbeiten. Sie wissen, was sie *nicht* wollen: kein traditionelles Gemeinschaftsbüro, keine hohen Kosten, keine festen Verträge. Stattdessen eine flexible Infrastruktur zwischen digital und real, zwischen Leben und Arbeiten: »Einen Ort, an dem Netzwerke sichtbar und greifbar werden.« Und so entscheiden sie sich zur Gründung eines »Coworking Space« nach amerikanischem Vorbild. »Wir hatten uns ausgerechnet, dass sich das lohnen würde, sobald außer uns noch ein paar User mehr unsere Räume nutzen.«
Eine Mischung aus entspannter Kaffeehaus-Atmosphäre und konzentriertem Arbeitsumfeld schwebt ihnen vor, und realisiert werden sollte das alles in einer ehemaligen Fabrik für Putzlappen in Kreuzberg.

»Coworking« –
was bedeutet das eigentlich?

» Aus Wikipedia: Coworking (engl., »zusammen arbeiten«) ist ein sich seit einigen Jahren abzeichnender Trend im Bereich Neue Arbeitsformen. Freiberufler, Kreative und kleinere Start-Ups, die unabhängig voneinander agieren oder in unterschiedlichen Firmen und Projekten aktiv sind, arbeiten in einem meist größeren Raum zusammen und können auf diese Weise voneinander profitieren.

Coworking ermöglicht die Bildung einer Gemeinschaft (»community«), die durch gemeinsame Veranstaltungen oder Workshops gestärkt werden kann. Dabei bleibt die Nutzung jedoch stets unverbindlich und zeitlich flexibel.

1.000 Quadratmeter in der Prinzessinnenstraße am Moritzplatz. Alles wie von den Machern vor langer Zeit gewünscht: Kaffeehaus im Erdgeschoss, konzentriertes Arbeiten auf Etage Eins und Drei. Dazwischen ein klapprig wirkender, aber sehr effizienter Lastenaufzug.

Die Schreibtische stehen dicht an dicht in den ehemaligen Fabrikhallen, dazwischen Raumteiler, Regale und Pflanzen. Tastaturgeklapper, gedämpfte Stimmen, konzentrierte Arbeitsatmosphäre, nur die Aufzugstür knallt immer wieder ins Schloss. Wer länger oder lauter telefonieren will, verzieht sich in den »rest-and-relax Raum« oder geht ganz einfach auf den Flur. »Das Betahaus funktioniert ähnlich wie eine Bibliothek«, erklärt Madeleine. »Im Arbeitsbereich ist jedem klar, dass es etwas ruhiger zugehen soll. Zum Unterhalten und Quatschen ist das Café da.« Außerdem gibt es professionell ausgestattete Konferenzräume für acht bis zwölf Personen; für größere Events kann man das Café mieten.

Ein Schreibtisch im Betahaus kostet 12 Euro pro Tag und wird von Tag zu Tag günstiger: 49 Euro pro Woche, 129 pro Monat. 50 Euro für einen Briefkasten und zehn pro Stunde für einen Meetingraum. Kündigungszeit monatlich. Wer einen eigenen Schlüssel will, muss mehr zahlen und hat eine längere Kündigungszeit, kann dafür aber auch nachts ins Haus. »Aber das wollen die meisten unserer User gar nicht«, berichtet Madeleine. »Sie sind froh, wenn ihr Arbeitstag eine Struktur bekommt, wenn sie einen festen Feierabend haben.« Morgens mit der U-Bahn in die Prinzessinnenstraße, Kaffeepause mit Kontakt, Lunch inklusive Vernetzung, Ansprechpartner bei Bedarf – daheim oder in der Bibliothek wäre es billiger, aber auch einsamer.
Das Betahaus wird inzwischen als Modell für die Zukunft der Büroarbeit gefeiert; neue Dependancen wurden in Lissabon und Hamburg eröffnet, weitere sind geplant.

» **Ein Experte für Freie Berufe:** »Selbstständige sind vor allem in der Startphase oft isoliert. Sie vernachlässigen ihre sozialen Kontakte,weil ihnen die Zeit fehlt und geraten so in einen Teufelskreis. Es fehlt ihnen der Informationsaustausch, was wiederum zu Motivationsverlusten führt. Plattformen wie das Betahaus fangen diese fehlenden Infrastrukturen auf. Statt Einzelbüro oder heimischer Schreibtisch nun also – wieder – Großraumbüro. Der große Traum von totaler Selbstbestimmung wird still zu Grabe getragen und ersetzt von der Erkenntnis, wie wichtig Kommunikation ist.«

Aus der Statistik des Betahauses: Seit 1. April 2009 arbeiten hier rund 120 Freiberufler aus der Kreativszene – Grafiker, Programmierer, Fotografen, Architekten, Designer, eine Konzertagentur, Buchhalter, Akademiker, Rechtsanwälte, Übersetzer, Videokünstler, Journalisten und Blogger.
Der größte Teil ist selbstständig oder »in Gründung«, einige wenige Festangestellte bestätigen nur die Regel. Die Betahaus-Arbeiterschaft setzt sich aus einer sehr vielfältigen Gruppe zusammen, im Hinblick auf Tätigkeit, Gehalt (unter 1.800 bis über 5.000 Euro) und Alter (22–47 Jahre).

Erster Tag im Betahaus: Der neue User meldet sich im Café an und sucht sich einen Schreibtisch (grüner Punkt auf der Platte = frei zur Nutzung, roter Punkt = reserviert). Er zieht seinen Stromanschluss von der Decke herab, schließt seinen Laptop an und kann, wenn er mag, sofort losarbeiten. Anbindung an Berlins dickster Glasfaserleitung inklusive, ebenso wie Fairuse von Drucker, Scanner, Kopierer und Fax. Und zweimal täglich italienischer Kaffee direkt an den Schreibtisch.

»Schau mal dort hinten.« Madeleine von Mohl zeigt in eine sonnige Ecke, in der mehrere Schreibtische über Kreuz stehen. Zwei junge Frauen sitzen dicht nebeneinander über einen Laptop gebeugt: »Dort entsteht einmal im Monat ein sehr interessantes Magazin für Frauen. In der Produktionsphase kommen noch – je nach Bedarf – mal drei, mal fünf, mal sieben freie Mitarbeiter

dazu. Dann schieben wir einfach ein paar Schreibtische mehr in die Ecke, stellen die Pflanzen um – und schon ist das Team ungestört.«

Sie geht weiter. »Hier vorn«, sie weist auf einen leeren Platz in der Nähe der Postfächer, »sitzt einmal im Monat eine Woche lang ein Webdesigner, dem ich anmerken kann, dass er in den anderen drei Wochen kaum ein Wort mit irgendjemandem im real life gewechselt hat. Der kommt zu uns, um endlich wieder mal unter Leuten zu sein.«

Unten im Café ist inzwischen jeder Platz besetzt. Einmal pro Woche gemeinsames Frühstück: Joghurt, Käsebrote und das Gespräch mit dem Nachbarn. Bei einigen bestimmt auch Hoffnung auf Aufmunterung und Inspiration. Keine Angst vor Ideenklau? Madeleine winkt ab: »Bei uns finden sich viel eher Teams zusammen, um gemeinsam zu arbeiten.

Da werden keine Kunden abgejagt. Im Mittelpunkt steht vielmehr der Gedanke, dass das Endergebnis besser wird, wenn mehrere Menschen an einer Idee basteln.«

Und wie passt das alles zusammen mit den vielen Zeitgeist-Geschichten aus den Hochglanz-Magazinen, in denen von der

neuen Elite geschwärmt wird? Von den einsamen »Digitalnomaden«, der coolen »Avantgarde mit den Notebook«, die »auf das Diktat der Anwesenheitskultur pfeift« ebenso wie auf den »nine-to-five-job«? Madeleine von Mohl zuckt mit den Schultern: »Ich weiß nur, dass wir einmal unsere schrecklich konservativen Öffnungszeiten 9 bis 18 Uhr ausweiten wollten und die meisten User entsetzt ablehnten – bloß das nicht!«

Montag bis Freitag, neun Stunden mit Kollegen, fast so wie unter Freunden.

Und dann Feierabend. Und das ist gut so.

elke reichart

Digital Guide – Lukas Adda führt durchs Internet

Januar 2006, Winter in Deutschland, Hochsommer auf Tasmanien, der Insel vor der Küste Australiens. Glühende Hitze, schläfrige Stimmung. Träge und verwundert beobachteten in der Hauptstadt Hobart die Kaffeehausgäste den jungen Deutschen, der nun schon seit fünf Minuten die Straße hinauf und hinab lief, das Handy am Ohr, sich mal in diese Ecke hockend, dann wieder irgendwelche Treppen nach oben eilend: Es war Lukas Adda, auf der Suche nach besserem Empfang und Ruhe. Der Anruf war aus Deutschland gekommen, Lukas hatte vor lauter Knacken und Rauschen und Verzögerungen kaum etwas verstanden und war ziemlich genervt. Immerhin war am anderen Ende eines der größten und erfolgreichsten PR-Agentur-Netzwerke der Welt mit einem Stellenangebot.

Das Gespräch veränderte sein Leben. Aber das wurde Lukas erst klar, als er eine Dreiviertelstunde später auf Aus drückte und gründlich nachzudenken begann. Dann nahm er das Handy wieder in die Hand. Es war an der Zeit, den Rückflug zu buchen und die gerade erst aufgebauten Zelte in Australien wieder abzubrechen. Zeit für den Ernst des Lebens; Zeit, Karriere zu machen.

Vier und ein halbes Jahre später. München, große Bürohallen in einem alten Druckereigebäude, lässige Aufbruchstimmung.

»Entschuldige die Unordnung.« Lukas räumt ein paar Kisten von seinem Schreibtisch und zieht einen Stuhl heran. »Wir ziehen gerade intern um.« Lukas Adda, inzwischen 32 Jahre alt, groß, schlank, gut gelaunt und von unschlagbarer professioneller Höflichkeit. »Digital-Streuner und privat ein Hans-Guck-in-die-Luft« steht über ihn bei Google. »Unser Digital Guide« – so stellt ihn sein Chef vor. Ein Führer durch das Internet. Ein Mann, dem man sich beim hilflosen Surfen durch das Netz anvertrauen kann, der die richtigen Routen zeigt und einen sicheren Heimweg findet. In die Sprache der Werbewirtschaft übersetzt: Lukas weiß, wie sich der Kunde im World Wide Web am besten verkauft. Dem Münchner ist nichts fremd im Netz und alles Neue bekannt, längst bevor der Normal-User überhaupt davon erfährt.

**Digital Guide: ein neues Berufsbild.
Lukas: einer der Pioniere.**

»Damals in Tasmanien ging gleich nach dem Gespräch die Sonne unter. Der Himmel färbte sich orange-violett.« Lukas grinst. »Das werde ich nie vergessen.« Nach Australien war er als Backpacker geflogen, die Zeit schien günstig nach der Ausbildung und verschiedenen Praktika. »Später, wenn man erst einmal richtig in einen Job eingestiegen ist, macht man so etwas doch nie wieder.« Er hatte nicht damit gerechnet, dass ihn die Job-Hunter von daheim auch am anderen Ende der Welt aufstöbern würden. »Der Vertrag kam per Fax in ein Internet-Café. Jede Menge Typen aus aller Welt standen um mich herum, jede Menge Chatter. Ich habe unterschrieben und gleich zurückgefaxt. Dann bin ich los, um mein Ticket umschreiben zu lassen.

Aus dem geplanten Jahr Down Under war gerade mal ein halbes geworden.«

Lukas zu finden war andererseits so schwer auch nicht gewesen – er hatte eine deutliche Spur gelegt: einmal pro Woche Blogs und Bilder vom fünften Kontinent für die Freunde daheim. »Das hatte ich mir irgendwann einmal selbst beigebracht, mit sehr viel Trial and Error. Und sehr viel Spaß.«

Zurück in München begann Lukas, seine Kenntnisse in den Berufsalltag zu integrieren. Der neue Arbeitgeber war die PR-Agentur Ketchum, bei der er schon einmal ein Praktikum gemacht und die ihn nicht vergessen hatte. »Das Internet – oder vielmehr Web 2.0 – fand 2006 noch gar nicht richtig statt, für die breite Masse war es nicht denkbar.« Die Kollegen wurden neugierig: »Was machst du da eigentlich in diesem Web?« Und Lukas begann zu erklären. Wenn es zu ausführlich und kompliziert wurde, bastelte er eine Präsentation – zunächst intern für das Team, dann auch für die Kunden. Danach dauerte es nur noch kurze Zeit, bis Lukas automatisch für alles zuständig wurde, was mit dem Netz zu tun hatte. Neue Ideen wurden realisiert und in der Branche sehr bald positiv besprochen.

Zum Beispiel: Der Podcast »KANALgrün«, den er zusammen mit seiner damaligen Chefin und einer Kollegin aus dem Boden hob. News aus der Medienlandschaft, die »Reißer und Aufreger des Monats«, sehr schnell gab es monatliche Abonnenten im vierstelligen Bereich. »Wenn ich mich heute an die ersten Studio-Aufnahmen zu KANALgrün erinnere! Ich hatte keine Ahnung, wie man richtig mit einem Mikro umgeht und las meinen gesamten Text ab. Frei-Sprechen? Undenkbar. Aus den zweistündigen Aufnahmen wurden dann 30 Minuten geschnitten, die aber kamen regelmäßig.«

Lukas erhielt von seinen Chefs immer mehr Freiräume, damit er für die Agentur Tools ausprobieren und die Kollegen schulen konnte. »Ohne die Unterstützung von ganz oben hätte ich das vermutlich schon aus zeitlichen Gründen nicht hinbekommen – überall und ununterbrochen ploppten neue Plattformen und Projekte auf.« Für ihn gab es fortan keine Trennung mehr zwischen On- und Offline. Er lebte im Netz, verschickte »Update«-Mails an die Kollegen: »Habt Ihr das gesehen?«, arbeitete mit Bildern, Blogs und Begriffen, von denen niemand sonst bisher gehört hatte und wurde schließlich Januar 2009 offiziell zum »Digital Guide« der Agentur Ketchum ernannt. »Ich war zur richtigen Zeit am richtigen Ort in der richtigen Nische«, sagt er. »Heute ist aus dieser Nische eines der wichtigsten Felder der PR-Branche geworden, weil hier die Marken, die Fans, die Kunden aktiv sind. Offline-Kommunikation wird in weiten Teil von online nahezu komplett abgelöst.«

Trotz der ständigen Neuentwicklungen und des rasanten Arbeitstempos hatte Lukas nie das Gefühl, sich quälen zu müssen: »Alles, was neu im Netz war, interessierte mich privat, und das ist auch heute noch so. Was passiert auf den Märkten in Amerika und Asien? Welche ›Tools‹ und Plattformen sind in Deutschland strategisch sinnvoll? Welche Fotos und Videos sind derzeit hip und wieso – wie können wir daraus lernen? Welche neuen Smartphone-Apps müssen wir künftig auch für Kampagnen nutzen? Viele neue Technologien sind so aktuell, dass man sie noch nicht auf ›die Menschheit loslassen kann‹. Es braucht Zeit, bis sich Neuentwicklungen etablieren!«

Was damals E-Mail war, sagt Lukas, sei heute beispielsweise »Augmented Reality« (AR). Mit AR werden reale Daten mit digitalen Zusatzinformationen unterfüttert. »Ein Tourist hat ein internetfähiges Handy mit Kamerafunktion in der Hand. Er steht auf dem Berliner Fernsehturm und startet seine Handykamera. Auf seinem Display wird der Ausblick über Berlin gezeigt (die Realität) – plötzlich ploppen weitere Felder auf dem Display auf, die dem Touristen zu einzelnen Plätzen und Gebäuden zusätzliche Informationen anbieten: Hier befindet sich die Berliner Staatsoper, erbaut von xy im Jahre xy, heute mit der Aufführung xy, Karten an der Abendkasse noch erhältlich oder klicken Sie hier und bestellen Sie sich die Tickets sofort.«

Weiter O-Ton Lukas:

»Der Job eines Digital Guides ist vielfältiger als sich manch einer denkt: Ehe man sich versieht, ist man Architekt und Bauherr in einem.

Ende 2006 zum Beispiel war das Jahr der Häuslebauer. Die Kommunikationsbranche in ganz Europa stürzte sich auf Second Life (SL), DEN Hype schlechthin. Jedes Unternehmen, das dem Zeitgeist entsprechen wollte, musste dabei sein. SL war eine virtuelle Welt, die von Usern (Avataren) bewohnt wird. Die Bewohner dieser Welt formten ihren Körper nach ihren Schönheitsvorstellungen, lebten auf großen Kontinenten oder auf kleinen Inseln. Sie mieteten sich Wohnungen oder bauten sich Häuser oder gleich Paläste, die jeden realen Menschen vor Neid erblassen ließen. Oftmals aber ließen sie sich aber auch diese Domizile für teueres

Geld konzipieren. Natürlich passierte das alles virtuell – nichts davon existierte real und in echt.

Doch wo Menschen beziehungsweise Avatare sind, dort ist auch Business, dort wird Geld verdient. Die Marktwirtschaft hier war den gleichen Regeln unterworfen wie auf der Erde. Alle großen Marken wollten mitmischen. Sie kauften sich riesige Inseln, ließen sich von speziellen Programmierern gigantische Paläste bauen und gründeten Stores. Denn ob real oder Fiction – auch ein Avatar legte sehr großen Wert auf sein Äußeres. Sie/Er/Es (es = katzenähnliche Bewohner) hielt immer Ausschau nach neuen Klamotten-Kollektionen oder besonders begehrten Schnäppchen. Die SL-Stores beispielsweise verkauften eben dieses – coole Sneakers zum Beispiel, die auf keiner Party fehlen durften (auch hier gab es Türsteher vor Clubs, die einen aufgrund der verkehrten Schuhwahl nicht hineinließen). Die BILD-Zeitung hatte eigens für SL ein Magazin – den AVASTAR – wöchentlich herausgebracht.
Die Redakteure berichteten rund um Trends, Celebrities, über Dramen, die die Welt nicht braucht, Klatsch und Tratsch und natürlich auch über Veranstaltungstipps. Überhaupt wurde in SL furchtbar gerne getanzt – überall traf man Avatare, die entweder mit sich selbst, zu zweit oder in Gruppen tanzten. Der Grund hierfür war mir nie wirklich klar. Selbstverständlich aber habe auch ich – oder vielmehr mein Avatar ›Luke Skywalker‹ – ab und zu getanzt.

Mir war schnell klar, dass wir (die Agentur) auch in SL aktiv werden sollten. Aber im Gegensatz zu vielen anderen Marken, die sich in der virtuellen Welt auf Projekte stürzten, die sich im fünf- bis sechsstelligen Euro-Bereich bewegten, entschied ich, es selbst zu versuchen. Gedacht, gesagt, getan … Es folgten unzählige Tage und Nächte auf der Suche nach einem passenden Grundstück für eine Kunden-Dependance, Planung des Gebäudes und dem ›Bau‹ der Filiale. Es mussten Wände hochgezogen, Fenster eingesetzt, Tapetenfarbe und -muster ausgewählt und Böden eingezogen werden. Selbstverständlich war aber auch die Nachbarschaftspflege ein wichtiger Punkt – Nachbarschaftskriege mit angrenzenden Avataren sind genauso unbeliebt wie Streitigkeiten mit Menschen in der realen Welt.

Kurz ein paar Worte generell zum Geldverdienen im Netz, weil ich danach immer wieder gefragt werde. Das ist nach wie vor nicht einfach, weil völlig neue Modelle benötigt werden, die meist noch ›erfunden‹ werden müssen. Big Player – wie Facebook, Youtube, Twitter und Co. – suchen immer neue Wege, wie sie sich verkaufen können. Da gibt es beispielsweise die Facebook-Ad-Banner. Dabei handelt es sich um Werbebanner, die exakt auf eine bestimmte, vordefinierte Userschaft zugespitzt sind und nur dieser Nutzergruppe auf deren Profilseiten und in Fanpages angezeigt werden.
Ein User, der beispielsweise einer Pizza-Fanpage beigetreten ist, wird vielleicht schon bald von Tiefkühlpizza-Herstellern umworben. Bezahlt wird nach Klicks oder Page Impressionen. Das heißt: Wenn der User auf den Banner klickt, dann wird das Unternehmen von Facebook zur Kasse gebeten. Die Schwachstelle: Es wird nur auf Werbung/Banner geklickt, wenn die wirklich gut gemacht sind und die Zielgruppe wohlbedacht gewählt wurde. Und das ist nicht immer der Fall.
Bei wirklich großen Kampagnen können Marken aber auch an Facebook herantreten, und es werden spezielle (in den seltensten Fällen günstige) Deals ausgehandelt – viele große Unternehmen machen das.
So ähnlich funktionieren auch die meisten ande-

ren sozialen Netzwerke. Mit dem Einzug des iPhones/iPads und anderer neuer Technologien und den damit angebotenen Apps werden aber neue Möglichkeiten angeboten, die sehr gut gestartet sind und sich der neuen Zeit bereits angepasst haben. Paid-Content auf dem iPad beispielsweise.

Zurück zu der Second Life-Zeit, die sehr spannend, aber auch sehr anstrengend war, weil ich alles selbst planen, organisieren und umsetzen musste. Es war ja sonst keiner da, der sich auskannte. Am Ende aber hatte sich all die Mühe mit dem ›Deutschen PR Preis 2007‹ ausgezahlt. Auch hier hat sich das Timing zu unseren Gunsten ausgezahlt. Bevor das große SL-Sterben begann (Unternehmen, die erst noch vor einigen Monaten für viel Geld ihre virtuellen Niederlassungen erstellen ließen, mussten wieder ihre Koffer packen), waren wir bereits längst aus der Welt raus und schwammen auf neuen Trends der Kommunikationsbranche.«

Niemals, sagt Lukas, könne er ohne Spaß arbeiten. »Und ich weiß, wovon ich rede! In den Ferien habe ich früher sechs Wochen am Fließband gearbeitet. Beim Tabakpflücken: Immer die untersten drei Blätter der Pflanze aufs Band werfen. Nein, danke. Wenn keine Leidenschaft dabei ist, kannst du den Job gleich vergessen.«

Wie viele Web-Pioniere hatte sich auch Lukas in seinem Elternhaus den Zugang zum Netz zunächst erkämpfen müssen – die Nutzung war damals noch teuer. »Ganz am Anfang bekam ich ein Paket mit 30 Mails im Monat, für die 31. musste ich dann schon vier Mark – zwei Euro! – zahlen. Andererseits bekam ich selten über 30 Mails, denn die meisten Freunde konnte ich ohnehin nicht erreichen, die hatten noch gar kein Internet.«

Als Beruf suchte sich Lukas denn auch zunächst etwas ganz Anderes aus. Erst ein Jahr Hotelfachschule, dann eine dreijährige Lehrzeit zum Hotelfachmann im eleganten »Brenner's Park-Hotel« in Baden-Baden. »Das war anstrengend, aber mit einem extrem hohen Gemeinschaftsgefühl verbunden. Wir arbeiteten Tage und Nächte durch, immer unter Druck, wir waren belastungsfähig ohne Ende. Wir lernten, wie man in Anzug und Krawatte schnell ein Hotelzimmer putzt – nämlich mit darüber gebundener grüner Schürze –, aber auch den perfekten Umgang mit Menschen. Es war eine tolle Zeit. Als die Lehre vorbei war, fragte ich mich jedoch: Was nun? Empfangschef? Hoteldirektor? Marketing?«

Zufall, Schicksal – just in dieser Zeit riefen »Viva TV« und »Heinz Ketchup« die Talentshow »Weck den Heinz in dir!« aus. Lukas, der nebenher als Hobby viele Grafiken am heimischen PC erstellt hatte, brannte seine besten Bilder auf CD und schickte sie ein. »Fünf Wochen später, ich saß gerade im Zahnarztstuhl, meldeten sich die Organisatoren bei mir. Ich bin fast ausgetickt vor Freude und habe ein Wattestäbchen verschluckt!« Über 680 Einreichungen waren eingeschickt worden, 20 Teilnehmer – darunter Lukas – erhielten das Ticket nach Hamburg zur Vorstellungsrunde vor der Jury. Was dann kam, war typisch für Lukas und seine Begabung für schnelles Ergreifen von günstigen Gelegenheiten: »Ich kam zwar nicht unter die Top 10, knüpfte aber Kontakt mit der Public Relation Agentur, die die Talentshow organisierte. Kurze Zeit später war ich dort Praktikant. Das war besser als jeder Geldgewinn!«

Danach entschied er sich fest für Public Relations und kehrte der Hotel-Branche den Rücken. »Mit der Talentshow hat sich mein kompletter Werdegang verändert. Wahnsinn!« Mehrere Praktika in Agenturen folgten, ebenso wie ein Jahr auf einer Akademie für Werbung und Marketing. Dann der Abflug nach Australien, für ein Jahr, aus dem – wie erwähnt – dann nur ein halbes wurde.

Große altmodische Kopfhörer liegen auf Lukas' Schreibtisch und passen so gar nicht in das Ambiente seines Großraum-Büros. »Die trage ich, wenn ich Konzepte erarbeite. Das heißt aber nicht, dass man mich nicht stören darf. Oberste Regel: Man darf mich immer stören.«
Mit Musik schaltet er seine Umwelt ab und konzentriert sich nur noch auf das, was in seinem Kopf passiert. Bei Electro und Minimal, laut. Daheim, wenn er als »Lukasch« twittert oder seine Blogs schreibt, auch gern einmal bei Klassik Lounge.

Auch für sein Zeitmanagement hat sich der Digital Guide eine ganz persönliche, überraschend altmodische Struktur überlegt: Er führt Tagebuch. In Form von Ringheftern, in die er jeden Morgen eine Übersicht der Meetings, Projekte und Calls des Tages einklebt. »Jeden Morgen setze ich mich als Erstes an den PC und schreibe die Liste des Tages, drucke sie aus, klebe sie ein – länger als drei Minuten brauche ich dafür nicht. Es ist die einzige Methode, die bei mir hilft. Ich kann meine Schrift manchmal schlecht lesen, außerdem vergesse ich sehr schnell. Kann ich nur empfehlen.«

Das digitale Rad dreht sich weiter. Gestern waren noch StudiVZ, facebook und die Lokalisten das Nonplusultra, heute

sind es »Location Based Services«. Der erfolgreichste Vertreter heißt »foursquare«. Eine Plattform und Community, auf der sich Nutzer an Orten, an denen sie sich gerade befinden, »einchecken«. Sie zeigen ihren Familienangehörigen, Freunden, Bekannten, was sie gerade wo machen. Mit Location Based Services (LBS) gibt der User eines der letzten Geheimnisse preis – seinen derzeitigen Standort. »Wenn man sich das mal im Detail durch den Kopf gehen lässt, kann es durchaus erschrecken.«
Auch Lukas ist ein Teil der Foursquare-Bewegung. Nicht immer, aber immer öfter »checkt« er sich ein und kommuniziert via Facebook und Twitter, wo er sich gerade befindet.

O-Ton Lukas:

»Social Media ist schon lange kein Hype mehr, es ist ein struktureller Gesellschaftswandel, der nicht mehr zu stoppen oder gar rückgängig gemacht werden kann. Menschen kommunizieren mit Menschen darüber, was sie gerade wo mit wem gemacht haben oder noch vorhaben. Sie sprechen mit Marken und über Marken – sie machen sich zu Markenbotschaftern und empfehlen Produkte weiter oder zerreißen sie öffentlich. Sie geben der Marke, also dem Produkt eine authentische Stimme. 70 Millionen Menschen gelten in Deutschland als Onliner. 70 Millionen Stimmen! Die ›Digital Natives‹ (Kinder/Jugendliche, die völlig selbstverständlich mit dem Internet groß werden) weisen jetzt schon komplett andere Verhaltensweisen auf. Sie denken anders, sie suchen anders, sie verhalten sich anders – das Internet ist ein fester Bestandteil ihrer selbst.
Der Job jedes Einzelnen wird es sein, ein Dompteur der Medienmassen zu sein. Massenmedien, wie sie unsere Eltern noch kannten (›Tagesschau‹ in der ARD, Plakatwerbung an Litfass-

säulen), wird es zwar weiterhin geben – die Konzentration von Botschaften wird sich aber auf unzählige weitere Kanäle verteilen und verbreiten. Die Masse zerfällt in unterschiedliche Kommunikationsströme.
Das Netz wird bald überall verfügbar sein. Wir werden uns im Internet bewegen, ohne es zu merken. Die Zeit des ›Ich wähle mich mal ins Internet ein‹ ist vorbei. Informationen, die künftig angefragt und/oder angezeigt werden, kommen ALLE über kurz oder lang aus dem Internet.

Das Social Media ist bereits eines der wichtigsten Felder der Kommunikation und wird noch weiter an Bedeutung zunehmen. Wenn jemand in der Kommunikationsbranche erfolgreich sein möchte, muss er/sie sich im Social Web bewegen und eine Leidenschaft dafür verspüren. Es reicht nicht aus, einmal im Monat bei der eigenen Community vorbeizuschauen und danach den Rechner wieder runterzufahren. Social Media ist 24/7 an 365 Tagen im Jahr!
In Birmingham wird seit diesem Jahr ein Studiengang in Social Media angeboten. Selbstverständlich muss der Markt auf die (neue) Entwicklung reagieren und auch hier eine Art Ausbildung anbieten. Ich denke jedoch, Social Media muss man nicht studieren – man muss es leben! Fakt ist jedoch, dass immer mehr selbst ernannte Social Medialisten im Netz unterwegs sind. Sie haben sich einen Twitter-Account angelegt, abonnieren sich den Blog von Sascha Lobo und denken, dass sie damit den Durchblick haben. Mit zwei bis drei Gegenfragen sind sie aber häufig schnell entlarvt. Das Netz ist kein Ort des Chaos'. Wenn man die Strukturen einmal verstanden hat, zeigt sich in der Komplexität die überraschende Klarheit. Internet ist das strukturierte Chaos.

Was ich Menschen raten möchte, die Digital Guides werden möchten?

Beweg dich im Internet, weil du es aus einer inneren Leidenschaft heraus willst und es dir Spaß macht. Sei interessiert an allem, was sich so tut und sprich darüber. Sei eine echte Hilfe für Kollegen/Freunde, die sich mit dem Thema nicht befassen möchten oder können. Sei ein Dompteur der Massenmedien und der Medienmassen zugleich! Learning by doing und trial & error – dir wird nicht alles immer gleich gelingen, aber du wirst mit jedem Mal besser!
Mach dich unverzichtbar!«

elke reichart

Die kleine Teehändlerin im großen Netz

Ein Café in der Münchner Innenstadt. Maru Winnacker bringt die kalte Winterluft mit sich herein – strahlend guter Laune, voller Energie, das Smartphone in der Hand.
»Warte mal …« Der Mantel fliegt auf die Bank, der Kellner wird mit »Einmal Pfefferminz-Tee, bitte!« auf den Weg geschickt und im Blackberry das Programm »Foursquare« geöffnet. »Ich muss nur noch mal schnell …« Sie tippt schnell und konzentriert. »Schau!« Maru hält mir das Display hin. Es verkündet der Welt, dass Maru in diesem Moment in diesem Lokal in dieser Straße in dieser Stadt eingetroffen ist. Und wer momentan der »Mayor« – also der Bürgermeister – dieser Tagesbar ist. Mayor? Bürgermeister? »Ist doch nur ein Spiel.« Maru lacht. »Das ist derjenige, der sich hier schon am häufigsten eingecheckt hat.« Maru ist es jedenfalls nicht, stellt sie fest, schaltet das Handy auf lautlos und steht fortan ungestört zur Verfügung.

Foursquare: (http://foursquare.com/): eine Handy-Applikation, mit der man seinen Freunden mitteilen kann, wo man sich gerade aufhält. Die Person, die sich an einem Ort am häufigsten angemeldet hat, ist der »Mayor/Bürgermeister«. Foursquare ist ein Location Based Service (LBS), der in den USA für viel Aufsehen sorgte und zunehmend in Deutschland und Europa Fans findet. Die Werbung schwärmt: Der primär über Handy-Apps genutzte Dienst verknüpfe einen interaktiven Fremdenführer und ein Tool für spontane Verabredungen mit spielerischen

Komponenten. Die Kritiker warnen: Nun gehe auch noch das letzte Geheimnis der Internet-User verloren – wo sie sich gerade aufhalten.

Maru Winnacker: 31 Jahre alt, lebt in Berlin, verheiratet, seit 2006 Geschäftsführerin einer von ihr gegründeten Firma für exklusive Teesorten: Pai Mu Tan White Tea, Sencha Wild Cherry, Lemongras Ginger: »Das Zeitalter des Teebeutels«, so der selbstbewusste Slogan von Marus ›Seasons Tea‹, »neigt sich dem Ende zu.« Die Geschäfte führt die gebürtige Koreanerin vom Loft 101 in einer ehemaligen Metallwarenfabrik in Kreuzberg aus: mehr Halle als Raum, hohe Fenster, viel Platz für Mitarbeiter und Versand, auf jeder Etage kreative Nachbarn, Cafeteria drei Treppen tiefer. Selbstverständlich ist die Firma mit eigener Homepage im Internet vertreten, selbstverständlich auch in Facebook.
420 Freunde, für die täglich ein Gruß gepostet wird – so etwas wie: »Happy first Advent!«, »Tea-Tasting tomorrow in Parsdorf!« oder »Lemongras arrived!« Die Kontakte werden gepflegt, die »Friends« fühlen sich ernst genommen und gut fürs Geschäft ist es sowieso. »Ich kam 2008 zu Facebook und wurde schon bald als Fan der Business-Seiten anderer Freunde rekrutiert. Gute Idee – warum nicht das Gleiche auch für meine Seasons Teas, also richtete ich einen Account ein. Es lief von Anfang an gut.«

Marus Pfefferminz-Tee wird serviert: eine Tasse, eine Kanne mit heißem Wasser, ein wildes Büschel Pfefferminze. Neugierige Blicke vom Nachbartisch. Die Tee-Expertin Maru stopft den grünen Strauß in die Kanne und arbeitet mit dem Löffel nach: »So ist das doch gedacht, oder? Immerhin keine Teebeutel.«
Natürlich, fährt sie fort, könne man die Kontakte in Facebook noch wesentlich aktiver nutzen und viel mehr ausbauen: »Aber was bringt es, wenn man die Leser mit uninteressanten Informationen bombardiert und dann nicht mehr authentisch rüber-

kommt? Eine Bilderstrecke zum Beispiel über meine Reise nach Darjeeling lief super – weil die Fotos glaubwürdig waren und weil das Thema in Zusammenhang mit meinem Tee stand. So muss es sein.«
Die Tee-Seite wird von ihr von unterwegs erstellt, per Smartphone aus der U-Bahn oder vom Flughafen. »Im Büro habe ich gar keine Zeit dafür. Ich habe schon mal überlegt, ob ich eine Social Media Agentur damit beauftragen sollte. Aber das hätte 20.000 Euro gekostet – ich glaube, ich werde irgendwann mal zwei Praktikanten einstellen, die dann unsere Zielgruppe regelmäßig und maßgeschneidert betreuen.« Ohne Internet-Account keine Zukunft für Seasons Tea, und überhaupt: »Wer mit Lifestyle-Produkten handelt, muss ins Netz, sonst lebt er hinter dem Mond.« Allerdings müsse sich auch das Internet ändern – diese vielen Accounts überall, dort Mails, hier Twitter, SMS, Messages, das mache ja inzwischen alle ganz verrückt und koste viel zu viel Zeit. »Alles auf einem Kanal, das wird – und muss – kommen.«

Marus Mann Thomas kommt an den Tisch, zum Abholen. Bevor sie aufsteht, checkt sie noch schnell auf »foursquare« aus – die Welt weiß nun, dass Maru wieder »on the road« ist. Thomas beobachtet sie und lacht: »Ein Freund schreibt derzeit an einem historischen Thriller, der in den 20er-Jahren in Düsseldorf spielt. Er benutzt lauter alte deutsche Wörter, viele kennt man gar nicht mehr – ich muss oft erst recherchieren, um den Text zu verstehen. Gleichzeitig läuft im Fernsehen eine der üblichen amerikanischen Anwaltsserien, in der es um einen Überfall in einer Diskothek geht. Die Privatdetektive finden einen Zeugen, der sich als Bürgermeister des Ortes auf ›foursquare‹ herausstellt. Für jemanden, der gar nicht weiß, was das ist, ist die Handlung der Serie nicht zu verstehen! Wir leben wirklich in einer spannenden Zeit – die Sprache der Vergangenheit verstehen wir nicht mehr, die der Zukunft müssen wir erst noch lernen.«

elke reichart

Freunde in Not – Blogger berichten aus Krisengebieten

Eine Stadt in Ägypten – Kairo? Alexandria? Tageslicht, keine Sonne – später Morgen? Früher Abend? Ein Mann geht die Straße entlang, allein, eilig, er läuft fast. Plötzlich fallen Schüsse, der Mann bricht zusammen, fällt zur Seite, bleibt reglos liegen. Bewegt er sich noch? Ist er tot? »Noch einmal abspielen, ganz von vorn, bitte.« Dr. Marina Kunke beugt sich noch näher zum Monitor, ebenso wie ihre Kollegen. Gemeinsam suchen sie den Bildschirm nach irgendwelchen Auffälligkeiten ab: Nach einem Haus, das identifiziert werden könnte, einem Straßenschild, einem Armee-Lastwagen. Nichts. »Noch einmal in Zeitlupe?« Die ZDF-Redakteurin lehnt sich zurück und schüttelt den Kopf. »Nichts zu erkennen. Wir können den Film nicht herausgeben. Vielleicht ist er echt, vielleicht aber auch eine Inszenierung. Wir haben keinen Beweis.« An diesem Abend bringen die Nachrichtensendungen des ZDF andere, als authentisch bewiesene Bilder von der ägyptischen Revolution. Ein privater Fernsehsender hat die Skrupel nicht, der »Mann auf der Straße« wird dort in den News zum Beleg für den brutalen Umgang der Regimetreuen mit den Aufständischen.

Das Finden der Wahrheit, noch nie eine einfache Aufgabe für Journalisten, ist in Zeiten des Internets noch schwieriger geworden. Überall in der Welt werden die Fernseh- und Zeitungsredaktionen aus den sozialen Netzwerken mit Hilferufen von Freunden in Not überschüttet. 140 Twitter-Zeichen, schnell noch abgeschickt, bevor die Polizisten an der Haustür klingeln und die Verhaftung droht. Facebook-Aufrufe zu geheimen Demonstrationen, Handyvideos von wütenden Fäusten, im Hintergrund prasselnde Gewehrsalven – viel Engagement, viel persönliches Leid, viel Subjektivität.

»Im Internet muss man besonders vorsichtig sein, dort ist so viel Blödsinn unterwegs. Aber oft ist es die einzige Möglichkeit, überhaupt etwas von den Vorgängen in Krisengebieten zu erfahren. Bei jedem Youtube-Video stehen wir vor der Frage: Wie gehen wir mit dem ungeprüften Material um? War das heute? Vor einem Jahr?« Die erhöhte Aufmerksamkeit, das ständige Hinterfragen hat der Koordinatorin der Hauptredaktion Aktuelles beim ZDF, Dr. Marina Kunke, eine Menge Mehrarbeit eingebracht. »Wir veröffentlichen nichts, ohne dass es zuvor von mindestens zwei anderen Quellen verifiziert wurde.«

»Web-Revolutionen« wurden in den vergangenen Jahren die Proteste der Bevölkerung gegen ihre autoritären Regime von Teheran bis Tunis genannt. Und tatsächlich sieht es oft so aus, als ob die Politisierung der Massen vor allem durch die neuen Medien geschieht. O-Ton eines anonymen Facebook-Users, der während der ägyptischen Aufstände Anfang 2011 erfolg-

reich Massendemonstrationen organisierte: »Das, was gerade bei uns und vorher in Tunesien passierte, wäre ohne das Internet niemals möglich gewesen. Leute wie ich, die Administratoren irgendwelcher Facebook-Seiten sind, können untereinander und mit anderen kommunizieren, ohne dass man seine Identität preisgeben muss. Ein krasses Beispiel: Wenn jemand von uns verhaftet werden würde, könnte er auch unter Folter keine Namen preisgeben.«
Ist das also in Zukunft die Chance der Demokratie: Triumph der Revolutionäre über den Despoten mithilfe der Freunde im Netz? Ganz so einfach ist das nicht. Unbestritten ist, dass die digitalen Kommunikationsmittel die »Waffen der Massenverbreitung« geworden sind: Textnachrichten, Fotos und Web-Videos tragen den Funken eines Aufstandes bis in die entlegenen Teile der Länder. Dennoch sollte man sich davor hüten, dem Internet und den Social-Media-Diensten von vornherein eine befreiende und demokratiefördernde Wirkung zuzuschreiben. Zumal die Gefahr der Manipulation groß ist – und kritische Wachsamkeit geboten.

In der Praxis sieht das dann so aus wie zum Beispiel während der zweiten iranischen Revolution im Jahr 2009. Die Regierung in Teheran hatte alle Korrespondenten mit Hausarrest belegt oder sogar des Landes verwiesen. Neue Informationsquellen mussten gefunden werden. Beim ZDF in Mainz wurde zum ersten Mal die sogenannte Grotte eingerichtet – ein Krisenreaktionszentrum, in dem alle Informationen zusammenlaufen. Koordination in der »Grotte Iran«, wie auch später der »Grotte Ägypten« oder der »Grotte Tunesien«: Marina Kunke, Doktor der Orientalistik und Meisterin der Logistik. Ein großer Stadtplan und Bilder von markanten Punkten in Teheran wurden aufgehängt und Kontakte geknüpft zu in Deutschland lebenden Persern, die mit Orts- und Sprachkenntnissen helfen konnten, sowie zu Web-Spezialisten, denen im Netz nichts fremd ist. Und dann ging es, immer unter Zeitdruck, daran, die Youtube-, Mail- und Twitter-Nachrichten zu sichten und zu bewerten.

»Wir sahen auf einem Video Wasserwerfer und schreiende Menschen«, sagt Marina Kunke. »Wir erkannten ein Eckgebäude und ein Straßenschild. Wir suchten auf dem Stadtplan den Ort und fragten im Netz nach: Habt ihr heute an dieser Stelle eine Demonstration gesehen? Was habt ihr erlebt? Wenn mindestens drei andere Personen das Geschehen bestätigten und alle unabhängig voneinander dasselbe beschrieben, dann wurde gesendet.« Mit der Zeit bildete sich im Iran eine stille Gemeinschaft der Informanten, die immer besser verstanden, was die Journalisten in der Grotte brauchten.

»Sie drehten die Straßenschilder mit oder hielten Zeitungen

vor ihre Handy-Kameras, damit wir das Datum sehen konnten. Sie schickten richtig gute Bilder, und sie vertrauten uns, weil sie wussten, dass wir sie niemals in Gefahr bringen würden.« Das Grotten-Team arbeitete rund um die Uhr, in ganz schwierigen Fällen auch – ansonsten eher unüblich – mit den Kollegen der BBC Persia oder von CNN zusammen. Auf dem Höhepunkt der Protestwelle schränkten die Mullahs den Zugriff auf Twitter, Internet und das Mobiltelefonnetz ein. Die Vernetzung der Demonstrierenden kollabierte, der Aufstand erstarb. In der ZDF-Zentrale in Mainz wurde die Grotte geschlossen.

»Diese neue Art des journalistischen Arbeitens ist eine große Herausforderung«, bilanziert Marina Kunke. »Wir werden in Zukunft noch größer und professioneller werden müssen: mehr Leute, mehr Informanten, mehr Vernetzung, der Kontakt muss auch in Nicht-Krisenzeiten gehalten werden, damit wir in chaotischen Zeiten sofort auf uns vertraute und zuverlässige Informanten zurückgreifen können.«

Zum Schluss erzählt die Journalistin noch einen Witz, der in der »Grotte Ägypten« die Runde machte und selbst in schwierigen Zeiten für lautes Lachen sorgte: »Nach ihrem Tod sitzen Nasser, Sadat und Mubarak zusammen und berichten, wie sie ums Leben gekommen sind. Nasser: Gift. Sadat: Attentat. Und du, Mubarak? Verbitterte Antwort: Facebook.«

lucas behrendt

Gedanken über Freundschaft – Facharbeit 2011

»Was ich Gutes haben mag, ist durch einige wenige vortreffliche Menschen in mir gepflanzt worden, ein günstiges Schicksal führte mir dieselben in den entscheidenden Perioden meines Lebens entgegen, meine Bekanntschaften sind auch die Geschichte meines Lebens ...«

So schreibt Friedrich Schiller an Charlotte von Schimmelmann am 23. November 1802. Wenn sich so bedeutende Personen, wie Friedrich Schiller oder andere berühmte und herausragende Persönlichkeiten ihrer Zeit, mit dem Thema Freundschaft befassen, dann zeigen alle deren Gedichte, Romane und andere literarischen Texte die nie abnehmende Aktualität und Bedeutung dieses Phänomens. Die Freundschaft erscheint doch als eine der wichtigsten zwischenmenschlichen Kontaktformen, weil, wie Schiller schreibt, Begegnungen, Auseinandersetzungen und Gespräche mit Menschen unsere Persönlichkeitsentwicklung und unseren Lebensweg im positiven wie negativen Sinne mitbestimmen können.

Grundlegende Aspekte, wie eine perfekte Freundschaft auszusehen hat, wer überhaupt zum Freund geeignet ist, etc. all das sind elementare Fragen. Jeder Mensch lebt intuitiv mit seinen Mitmenschen zusammen. Es entwickeln sich Freundschaften bzw. man hat seine Peergroup, seine Identifikationsgruppe, innerhalb der man sich außerhalb der Familien orientiert. Doch die Ent-

IT'S ALL
ABOUT
THE
DETAILS

scheidungen für einen Menschen als Freund oder eine Gruppe als Freundschaftsgruppe geschehen zunächst spontan, sind im Wesentlichen von äußeren Kriterien abhängig, weil man erst im Verlauf des Zusammenlebens mit Freunden in ihr Wesen vordringen und dann also erst Maßstäbe an die Werthaftigkeit dieser Beziehung anlegen kann: Ist sie nur von Nutzen für einen temporären Abschnitt unseres Lebens oder von tieferer, tragenderer Bedeutung.

Das Thema Freundschaft hat auch heute nichts von seiner aktuellen Brisanz verloren. Man könnte sogar die These wagen, dass es an Bedeutung gewinnt. Denn mit dem neuen Hauptmedium Internet und der damit einhergehenden Schaffung eines sogenannten Social Networks wandelt sich die Bedeutung und Definition von Freundschaft. Auf Internetseiten wie Facebook oder Twitter haben viele Menschen mehr als 200 »angebliche« Freunde. Man muss jedoch sagen, dass ein Mensch niemals in der Lage sein kann, 200 intensive Beziehungen mit seinen Mitmenschen zu führen, sei es hinsichtlich des zeitlichen Aufwandes und der logistischen Bewältigung. Der wahre Wert eines wirklichen und guten Freundes kann damit nicht geschaffen und gelebt werden. So bieten »Social Networks« sicherlich eine zeitgemäße und unkomplizierte Möglichkeit, miteinander in Kontakt zu treten, Kontakt zu halten und Verabredungen zu vereinbaren, da sie inzwischen das Hauptkommunikationsmedium darstellen, doch muss man sich immer bewusst machen, dass solche Kommunikationsformen eine echte und reale zwischenmenschliche Begegnung nicht ersetzen können. Man kann Wertmaßstäbe des Umgangs miteinander sicher auch im virtuellen Kontakt zueinander berücksichtigen, doch viele Beispiele zeigen leider auch, dass gerade die Anonymität dieses Mediums den Werteverlust und Missbrauch erleichtern.

ida pöttinger institut für medienpädagogik

Wenn ich Lehrer wäre oder Wie ich mir interessanten Unterricht vorstelle

Das JFF – Institut für Medienpädagogik *beschäftigt sich sowohl mit Forschungsfragen rund um den Umgang von Jugendlichen mit Medien als auch mit der konkreten Förderung von Medienkompetenz. Die hier aufgeführten Berichte geben nicht authentische Aussagen einzelner Jugendlicher wieder, sondern hier werden Aussagen, Wünsche und pädagogische Ratschläge zusammengefasst. Aus pädagogischer Sicht sind es Empfehlungen, die Jugendlichen ihren Schulen geben würden.*

Neulich im Sozialkundeunterricht wäre ich fast eingeschlafen. Da ging es um die Objektivität in Nachrichten. Herr Zerwick zeigte uns Zeitungsausschnitte, die auf Folien kopiert waren. Auf den Folien, die er auf seinen Overheadprojektor legte, waren die Bereiche Information, Kommentar, Glosse farbig markiert. Ich glaube, dass er die Kopien bereits seit über 20 Jahren zeigt, jedenfalls handelte es sich um Ausschnitte aus Zeitungen, die kurz nach der Wiedervereinigung Deutschlands erschienen sind. Ich döste vor mich hin und dachte daran, dass ich sowieso keine Zeitungen lese. Dabei bin ich sogar – im Gegensatz zu meinen Freunden – an Neuigkeiten interessiert. Aber ich schaue am Nachmittag in meinem Laptop nach, was es Neues gibt. Wenn ich Nachrichten lese, sind die Berichte aus der Zeitung schon längst veraltet. Außerdem sind dann gleich ein paar Blogs von Leuten dabei, die mir was zu sagen haben, die so denken wie ich. Als Nächstes würde ich nachsehen, was die Freundinnen und Freunde meiner Community so denken. Aber von all dem hat Herr Zerwick keine Ahnung. Nachrichten stehen für ihn auf Papier. Basta.

Meine Gedanken fingen an zu kreisen: Was macht dieser Mann falsch? Warum bereitet er uns nicht auf das wirkliche Leben vor? Ist doch eigentlich seine Aufgabe, oder? Ich würde alles anders machen, aber wie? Erst einmal würde ich einen Laptop an einen Beamer anschließen und mal zeigen, wie heute Informationen weiterverbreitet werden. Das ganze Journalistengedöns ist ja zweitrangig geworden. Jetzt schreibt jeder und jede die Nachrichten selbst, und sie sind wesentlich glaubwürdiger oder zumindest authentischer. Oder etwa nicht?

Dann würde ich mal vergleichen, was die Leute so schreiben und wie sie schreiben. Irgendwie sollte es mich interessieren und auch ansprechen. Klar, es gibt einige, die nur Mist schreiben. Brauch ich aber nicht lesen. Ich halte mich an meine Communities.

Ich Lars (15). Mein Thema: Orientierung auf dem Communitymarkt

Ich bin in drei Communities: Über Twitter bekomme ich mit, was so in der Welt passiert, über SchülerVZ tausche ich mich mit meinen SchulkameradInnen aus – wir machen die Hausaufgaben zusammen und helfen uns bei der Vorbereitung von Klassenarbeiten. Ich bin eigentlich nachmittags permanent online. Das hat sich mit der Zeit so entwickelt. Und gegen Abend schaue ich bei Facebook, was meine anderen Freunde so treiben. Wo gibt es eine gute Party? Wer gräbt gerade wen an? Ist die Blonde mit den langen Wimpern jetzt mit Jo zusammen oder noch zu haben – so was eben. Die Flatrate hat sich bei mir längst rentiert. Das haben sogar meine Eltern eingesehen.

Ich gebe zu, dass das mit den Nachrichten aus der Politik wenig zu tun hat. Aber die wichtigsten Sachen bekomme ich mit. Die Diskussion damals in Bezug auf die Abschaffung des verpflichtenden Wehrdienstes wurde auf Twitter diskutiert. Das hätte mich zwei Jahre später betroffen, deshalb interessierte es mich. Wie Rumänien gewählt hat – muss ich das wissen?

Zum Beispiel fände ich es gut, wenn wir mal alle Communities vergleichen würden. Meistens ist man ja mehr oder weniger durch Zufall in dieser oder jener Community. Und dann bleibt man hängen. Ich spiele E-Bass in einer Band. Für mich wäre eigentlich MySpace absolut interessant. Ein Kumpel von mir hat mit seiner Band dort eine Seite. Die bekommen darüber mittlerweile auch schon Anfragen für Konzerte und sind dort tatsächlich mit Ben Harper und Sportfreunde Stiller befreundet. Naja, die werden sie jetzt deswegen nicht näher kennenlernen, das sind halt die Communityfreunde, die man nie zu Gesicht bekommt, aber ich finde es gut, dass man sieht, welche Musik die selber gut finden. Aber noch eine vierte Community für mich ? Dann komme ich zu gar nichts mehr. Bevor man sich also festlegt, sollte man erst einmal viele Communities kennenlernen. Manche sind einfach nur zur Pflege von Freundschaften da. Bei anderen hast du den Eindruck: Wow, da sind ja Leute, die interessieren sich für das Gleiche wie ich! Da tauscht man sich dann aus und erfährt eine Menge zum Thema.

Bei SchülerVZ und Facebook sind eigentlich die meisten aus unserer Klasse. Da muss man heutzutage mitmachen, sonst sieht es so aus, als hätte man keine Freunde. Meine Cousine aus München sagt, dass dort die Lokalisten ganz groß sind. In Köln dagegen sind, wie mir ein Kumpel erzählte, die meisten Jugendlichen bei wer-kennt-wen. Irgendwie sind die wohl alle ähnlich. Man hat sein Profil, seine Freunde, Gruppen, kann Fotos und so hochladen. Da geht's eigentlich hauptsächlich darum zu zeigen, wer man ist und was man kann und tut.

Meine Münchner Cousine hat mir erzählt, dass sie seit einiger Zeit bei vimeo.com ihre selbst gemachten Trickfilme ins Netz stellt. Das ist so ähnlich wie YouTube, aber die Qualität ist dort besser, und es treiben sich nicht so viele komische Typen da rum. Sie kriegt da jede Menge Kommentare und ist mit anderen Filmemachern befreundet, aber das ist irgendwie anders als bei SchülerVZ. Sie heißt dort einfach nur PixelWorX. Der Fokus liegt gar nicht auf ihr als Person, sondern eher auf den Filmen, die sie gemacht hat. Und so gibt es eben viele interessante Communities, bei denen man eine Menge dazulernen kann.

Die Trickfilmcommunity wäre auch was für unseren Kunstunterricht. Ich würde super gerne Lego-Trickfilme machen. Zum Beispiel würde ich die Starwars-Saga völlig neu inszenieren, mit mir als Luke Skywalker und einer riesigen Lichtschwerter-Show. Die Bilder, die wir sonst malen und die dann im Schaukasten vor dem Lehrerzimmer hängen, interessiert doch eigentlich keine alte Socke. Mit Filmen, die im Netz ausgestellt werden, könnte die ganze Welt sehen, was wir gemacht haben und Filmprofis könnten uns sagen, was sie davon halten.

Aber jetzt kommt der Haken: Man darf nicht einfach irgendwas, was man über Google findet, für sein eigenes Produkt benutzen. In Communities, die so eine starke Verbreitung haben, könnte das schnell rauskommen. Zum Beispiel darf man Filme nicht mit irgendeinem Song der Lieblingsgruppe unterlegen. Auf gar keinen Fall! Die meisten Sachen sind urheberrechtlich geschützt. Das kann dann richtig teuer werden, wenn da einer dahinterkommt und zur Kasse bittet. Aber es gibt eben auch Fotos, Musik und Clips, die man unter bestimmten Bedingungen benutzen kann. Auf www.Creative Commons.org findet man solche Produkte, zum Beispiel, wenn man Musik für seinen Film braucht oder Fotos, um sein Profil zu verschönern. In der Regel muss man dann einfach nur den Namen der Musiker, Fotografen oder Filmemacher nennen. Das ist auch ok. Das wäre für mich heute auf jeden Fall Bestandteil des Unterrichts.

Ich Laura (14). Mein Thema: Es kommt auf die (Profil-)Einstellung an

Gibt es etwas Langweiligeres als Excel-Tabellen? Die Formeln kann ich mir sowieso nicht merken. ITG – was für ein Fach! Informationstechnische Grundbildung – schlimmer als Mathematik. Dabei hatte ich mich echt darauf gefreut. Mal richtig in die Tasten hauen zu können. Und dann: Tastaturkurs – sicher und schnell tippen lernen. Bis ich von meinem 3-Finger-Sytem wieder unten war! Und dann Nägel schneiden – kein klick-klick mehr. Dabei war gerade das Geräusch endgeil. Und könnten wir mal irgendeine Tabelle machen, die was bringt? Sagte unsere Lehrerin: Macht doch mal eine Tabelle mit eurem Taschengeld. Dann wisst ihr wenigstens, was ihr ausgegeben habt. He, was geht es die denn an, wie viele Zigarettenpäckchen ich kaufe! Und am Ende erfahren das meine Eltern.

Also Excel könnte auch Spaß machen, dachte ich mir. Zum Beispiel lässt sich das Programm als Hilfe zur Entscheidungsfindung in wichtigen Lebenslagen gebrauchen: Denis finde ich süß, Lasse hat so schöne Augen, Tarzan ist der Chef, wenn es um Beachvolleyball geht, wow – was hat der für Arme! Tim ist ein Herzensbrecher. Tom küsst wahnsinnig gut. Also, die Excel-Tabelle hätte den Sinn, sich den rauszusuchen, der als potenzieller fester Freund infrage käme. Die Kategorien waren: Aussehen, Kleidung, Gespräche, Sportliche Leistung, Feiern können, Küssen, Höflichkeit, Frechheit, Intelligenz. Dafür konnte man Punkte von 1 bis 10 eintragen. Dafür brauche ich aber nur die Summenformel einmal quer. Maximale Punktzahl 90. Wer die meisten Punkte hat, den nehme ich.

Ich tat es. Ich legte die Tabelle ordentlich an. Ich war richtig stolz und postete sie bei Facebook. Denn so konnten meine Freundinnen auch ihr Voting abgeben. Schließlich hatte ich noch nicht alle geküsst. Da war man auf den Rat einer guten Freundin schon mal angewiesen. Und wenn dann ein Junge draufguckt … Nee, wie soll er denn? Poste ich ja nur für meine Freundinnen. Aber wenn eine meiner Freundinnen, sagen wir mal Tini, ihrem Freund die Liste zeigt – oh Gott, wie stehe ich dann da? He, das versprach trotzdem lustig zu werden. Besonders meine engsten Freundinnen Larissa, Lena und Betty sollten ihren Spaß dran haben. Ich freute mich schon auf das ganze Hin und Her, auf die Chats und Testfeten …

Zwei Wochen später kam die Katastrophe: Erst hypte meine Tabelle, ging überall rum. Alle Freundinnen wollten Jungs voten, alle, die noch nicht Excel im Unterricht durchgenommen hatten, wollten unbedingt Excel lernen, um ihre eigenen Tabellen erstellen zu können. Wir verfeinerten das System immer mehr, nahmen neue Kategorien auf, voteten in den Minusbereich hinein – minütlich bekam ich Mails und mein Freundeskreis stieg in einer Woche um 45 an. Und dann – dann kamen plötzlich ganz andere Angebote: Vorschläge für Dates, Briefe von Leuten, die mir es mal »richtig besorgen« wollten, Fotos von Penissen in allen Größen und Formen – mir wurde richtig schlecht. Anfangs fanden wir das noch lustig, aber als wir immer mehr Freundschaftsangebote von Typen bekamen, die ganz etwas anderes als wir wollten, wurde uns mulmig. Larissa, die Sensibelste von uns, brach regelrecht zusammen. Lena, die Mutigste, wollte sich mit einem Typen treffen und ihm richtig Bescheid sagen. Wir gingen alle mit zu dem Treffen – zum Glück, denn es war ein widerlicher Zuhältertyp. Irgendwas hatten wir in der Einstellung des Profils falsch gemacht. Jetzt weiß ich, was ich hätte machen müssen, und wenn ich mir es recht überlege, dann wären diese Informationen im Fach ITG tausendmal wichtiger gewesen als alle Excel-Tabellen zusammen. Aber wie reagierte unsere ITG-Lehrerin, als sie von unserem Missgeschick peinlicherweise Wind bekam? »Ich habe euch ja gleich gesagt, dass Communities Mist sind! Lasst die Finger davon!« Aber muss man denn auf jeden Spaß verzichten, bloß um total sicher zu sein? Mit Sicherheit nicht!

Was wir übersehen hatten, war wohl, wie leicht unsere Posts von Freundin zu Freundin und dann immer irgendwann von Freund zu Freund wandern. Irgendwo auf dem Weg muss jemand mal andere Privatsphäre-Einstellungen gehabt haben als wir. Bei Larissa und Lena bin ich mir eigentlich noch sicher. Die achten ganz genau darauf, wer was von ihnen erfährt. Aber es reicht ja auch, wenn eine die Excel-Datei offen ins Netz stellt. Und so praktisch der Like-Button bei Facebook ist, schon sehen natürlich alle, wer noch gern Jungs votet.

Es könnte natürlich auch sein, dass Betty dahintersteckte. Sie hat mir schon mal einen Strich durch die Rechnung gemacht, als sie Max verraten hat, dass ich ihn ganz süß finde. Sie nutzt jede Gelegenheit, um mich bloßzustellen. Kann gut sein, dass sie das an die große Glocke gehängt hat. Dann nutzt natürlich die beste Privatsphäre-Einstellung nichts mehr. Außerdem haben wir jetzt herausgefunden, wie man sich gegen so was wehren kann. Wir haben die schlimmsten Bilder bei Facebook gemeldet. Die Penisbilder haben die dann wenigstens gelöscht und die Profile von den Typen gleich mit. In einem Fall haben sie sogar die Polizei eingeschaltet. Gegen die, die uns nur verbal angemacht haben, wollte Facebook aber nichts unternehmen. Bei denen aber hat es geholfen, sie zu blockieren. Es hat zwar ein bisschen gedauert, bis man uns wieder in Ruhe gelassen hat, aber gut.

Trotzdem würde ich allen in ITG ganz genau erklären, wo sie die Privatsphäre-Einstellungen in den wichtigsten Communities finden. Das ist schon mal das Erste. Meine sind jetzt fast wasserdicht, die könnte ich gut herzeigen. Ich habe meine Freundinnen und Freunde in Gruppen aufgeteilt und dann entscheide ich genau, wer was sehen darf: Eine für alle meine Freunde, eine für alle in meiner Klasse, eine nur für die Mädels und dann gibt es noch eine für den Inner Circle. Da sind nur die drin, denen ich hundert Prozent vertrauen kann.

Darüber sollten wir in ITG aber auch noch mal reden: Was es heißt, sich auf andere verlassen und ihnen vertrauen zu können. So sicher kann man sich scheinbar doch nicht immer sein. Betty zum Beispiel sagt, sie hätte die Excel-Tabelle nicht weitergeleitet. Es kann ja auch ein Versehen gewesen sein. Ein kleiner zufälliger Klick genügt. Ich bin da jetzt auf jeden Fall vorsichtiger. Nicht mehr schnell, schnell, sondern hinschauen und lesen.

Am härtesten trafen uns die Jungs, die wir ja eigentlich mochten. Sie grölten über den Schulhof und lästerten sich eins ab. Sie stellten uns öffentlich als die größten und blödesten Schlampen dar. Jeder Tag wurde zu einem Spießrutenlauf. Gott – ich sag euch – es war die Hölle.

Ich Till (16). Mein Thema: Community und Kommerz – ein Paar Stiefel

Ich bin bei Facebook. Bin schon lange bei Facebook. Nur gab es eine Zeit, in der mich die Community überhaupt nicht mehr interessierte. Was mich interessierte, war Farmville, das Spiel, das man so nebenbei inhaliert, ob man will oder nicht. Natürlich war das anfangs ganz anders. Es hat Spaß gemacht mit Freunden, die man im Netz angequatscht hatte, eine Runde Farmville zu zocken. Dann wurde es immer länger.
Anfangs hat sich vor allem meine Mutter über die langen Spielzeiten aufgeregt. Bis ich ihr sagte, dass, wenn sie mich immer stört, ich dann für teures Geld Hühner kaufen muss und nicht auf der Farm arbeiten kann. Meine Mutter ist unkompliziert. Sie fand das total lustig, dass ich mich als Bauer betätige und dann noch im Netz. Zwar rieb sie mir unter die Nase, dass ich ja nicht mal meinen Hamster richtig versorgt hätte. Aber sie hatte die Hoffnung nicht aufgegeben. Für sie war das ein Zeichen, dass ich mehr Verantwortung übernehme – also fürs Leben lerne. Und wo kann man das besser als auf einem Bauernhof? Mir hat es einfach Spaß gemacht. Es war ein Spiel. Also ließ mich meine Mutter in Ruhe. Und ich kaufte Kühe, Felder, baute Ställe und kaufte Maschinen.

Wenn der Acker besät und alle Hühner hübsch angeordnet waren, habe ich mich auch mal umgesehen, was für Onlinespiele es noch so gibt. Ich war schon neugierig geworden und mein Farmerdasein ließ mir ja immerhin auch noch ein bisschen Zeit übrig. Die Firma, die Farmville betreibt, und die in Communities gut platzierte Spieleindustrie hatten da einiges zu bieten.

Als Erstes sprang mir eine Karriere als Mafioso ins Auge. Bei Mafia Wars läuft das eigentlich ganz ähnlich wie bei Farmville, nur dass man eben auf der dunklen Seite des Geschäfts unterwegs war. Ich fand, das passt doch auch irgendwie zusammen. Für alle sichtbar war ich der Großbauer, der die schönsten Kürbisse und fettesten Eier an den Mann brachte. Im Geheimen drehte ich aber an meiner Karriere als Schutzgelderpresser und Immobilienhai. Im echten Leben tarnen die Mafiosi ihre Geschäfte doch auch mit ehrenwerten Jobs, damit sie keinen Ärger mit der Polizei und dem Finanzamt bekommen. Naja, zumindest in den Filmen ist das doch so.

Schlimmer als die Spiele-Polizei und das Spiele-Finanzamt war meine Mutter. Puh, mitten in einer Schießerei kam sie auf einmal an und platzte in einen Drogendeal. Mir ist es gerade noch gelungen, die Browserfenster zu wechseln, und schon war ich wieder der anständige Bauer von nebenan: Mum, muss nur noch meine Farm aufräumen, komme gleich zum Essen!

Bei Mafia Wars war ich schnell zum Padre aufgestiegen, ich kannte mich ja schon aus. Die Geschäfte auf der Farm und im Mafiamilieu waren auch gar nicht so unähnlich. Die wichtigsten Sachen habe ich mir auch für echtes Geld gekauft, einfach, um schneller voranzukommen. Die Investitionen waren auch jeden Cent wert, ich war groß im Geschäft: Fette Autos, fette Knarren, fette Immobilien, that's me! Ich war der Don, der Pate, all die Kleingangster in meiner Gang, hauptsächlich Leute aus meiner Klasse, die auch bei Facebook abhingen, mussten weit zu mir aufschauen.

Weiß nicht, ob es an meiner neuen Führungsrolle lag, aber ich bekam jetzt auch ab und zu Werbung für IQ-Tests und die Poker-Handy-App geschaltet. Beim IQ-Test war ich nicht ganz so clever, ehrlich gesagt sogar knapp vor der Lernbehinderung. Das wollte ich so nicht auf mir sitzen lassen. Für weitere Tests musste ich ein Abo abschließen. Nur zwei Euro im Monat waren mir das schon wert. Ein paar Tests später hatte ich es auch raus – und das, obwohl die Fragen gar nichts mit Kartoffeln oder Shotguns zu tun hatten, sondern mit Sprache, Mathe und logischem Denken. Nach zwei Wochen war ich auch dort der King und könnte es heute noch sein, denn das Abo läuft – leider – noch zwei Jahre.

Spannender erscheint mir aber die Poker-App. Die Werbung war zwar voll übertrieben, denn das musste doch wohl klar sein, dass da nicht jeder Kohle machen kann, sondern auch ein paar Leute verlieren, aber ich fand, das hatte Stil und passte genau zu meinem Leben als Mafioso – ab und an gepflegt am Pokertisch zu sitzen und ein kleines Sümmchen zu setzen. Praktisch, denn man konnte das Ganze über seine Handyrechnung bezahlen. Damit meine Eltern sich wegen der hohen Handyrechnungen nicht total aufregten, habe ich auch ab und zu mit Prepaid-Karten meine Rechnungen beglichen. Die kann man einfach für Cash an der Tankstelle kaufen. Irgendwann reichte das Taschengeld nicht mehr. Da bettelte ich meine Oma an. Sie hört nicht mehr richtig, aber für Arbeiten auf dem Bauernhof öffnete sie natürlich ihr Herz und ihren Geldbeutel. Meine Freunde in der Schule fanden Farmville ziemlich lächerlich. Wenn ich sie um ein paar Euro anpumpte für ein neues Schweinchen namens Anke oder Anita, das ich ihnen natürlich persönlich gewidmet hatte, rückten sie aber ohne zu zögern ein paar Euro heraus, geliehen natürlich nur. Irgendwann hatten sie jedoch die Schnauze voll von meinem »Schweinkram«, vor allem, weil ich das Geld nie zurückgezahlt habe. Als sie mir Druck machten, konnte ich nicht mehr in die Schule gehen. Eigentlich wollte ich nur drei Tage krank machen – eine kleine Pause einlegen. Aber da ich sowieso schon so schlechte Noten hatte und schon wieder eine Klassenarbeit in Geografie anstand, habe ich meine Krankheit etwas verlängert. Und dann – dann hatte ich gar keine Lust mehr hinzugehen. Da bekam meine Mutter eine Krise. Sie schleppte mich in die Schule und sprach mit meinem Klassenlehrer.

Das war zum Glück der Biologielehrer, der sich in Farmville und mit Spielsucht ein wenig auskannte. In der nächsten Unterrichtsstunde nahmen wir Farmville durch. Er zeigte uns, was man aus dem Spiel lernen kann und was unrealistisch ist, und außerdem, dass die Firma, die dahintersteckt, mittlerweile ein Vermögen von 5,5 Milliarden Dollar angehäuft hat. Und ich hatte ihnen mit meinen Hühnern und Schweinen, die man nicht einmal essen kann, diesen Reichtum beschert! Ich kam mir richtig verarscht vor. Leuten wie mir das Geld aus der Tasche zu ziehen, das ist echt unfair. Auf der anderen Seite dachte ich mir auch, dass ich selber schuld bin an meiner Misere. Wieso hatte ich das nicht gecheckt? Warum bin ich auf diese Kombination von Community und Kommerz so leicht hereingefallen? Wäre mein Biologielehrer nicht gewesen, dann hätte ich vielleicht komplett den schulischen Anschluss verpasst. Es war reiner Zufall, dass er auf mein Thema eingehen konnte und nicht gleich mit der moralischen Keule kam. So habe ich alles wieder hinbekommen. Selbst das Geld habe ich zurückgeben können – dank eines Jobs in einer, ratet mal, Hühnchenbraterei (nur ein Witz).

Irgendwie denke ich trotzdem ganz gern an meine »Spielerzeit« zurück. Es war so verrückt, in verschiedene Rollen schlüpfen zu können. Mir hat die Rolle des Bauern und des

Mafiabosses gut gefallen. Andere sind vielleicht lieber König oder Kaiser. In Geschichte haben wir zum Beispiel Napoleon durchgenommen: Kleiner Mann, aber große Armee. Der hat ein paar Jahrzehnte lang Europa ganz schön im Griff gehabt. Eins muss man Napoleon lassen, im Vergleich zu den anderen mit ihren Perücken hatte er echt Stil. Und Erfolg hatte er auch, in der Dreikaiserschlacht bei Austerlitz zum Beispiel. Mein bester Freund und ich wussten das meiste schon, unsere Geschichtslehrerin war ziemlich erstaunt. Was sie nicht wusste, ist, dass es ein Computerspiel mit dem Titel *Napoleon: Total War* gibt. Der Onkel meines Freundes hatte es ihm zum letzten Geburtstag geschenkt, und wir haben es ab und zu zusammen gespielt. Das sollten wir mal im Unterricht machen und dann darüber reden.

Oder die ganzen Heldengeschichten, die wir uns in Deutsch vornehmen. Wen interessiert das denn, was Julius Cäsar und Odysseus früher gemacht haben. Ok, vielleicht ist das ganz spannend, aber die Texte über sie reißen keinen vom Hocker. Die Helden heute heißen Zelda oder Niko Bellic, sind Paladine oder Mafiosi. Auch für die Mädchen ist was dabei, zum Beispiel Lara Croft aus Tomb Raider. Deren Geschichten sollten wir mal anschauen. Aber viele Lehrer halten Spiele einfach nur für einen dummen Zeitvertreib. Es sind aber auch »Kulturgüter«. Und nur, weil Lehrkräfte sie nicht kennen, sind sie noch lange nicht schlecht.

Ein Problem ist dieses Hineinschliddern in die Kommerzfalle. Aber wenn man das nicht in der Schule lernt, wo sonst? Zum Glück hatte ich einen Lehrer, der – zwar nicht viel – aber wenigstens etwas Verständnis für meine Situation aufbrachte. Farmville und Mafia Wars mache ich gar nicht mehr auf. Und bei anderen Werbeanzeigen, die mich als Käufer anlocken wollen, oder Games bin ich jetzt auch wesentlich vorsichtiger.

Ich Tess (13). Mein Thema: Vom Gerüchte-Elefanten erdrückt

Normalerweise muss man sein Alter angeben in Communities. Lokalisten geht zum Beispiel erst ab 14 Jahren. Ich bin dreizehn und dachte mir, dass das doch wirklich egal sei. Meine Mutter ist sehr neugierig. Ich würde nie ein Tagebuch bei mir im Zimmer liegen lassen. Da würde sie garantiert hineinsehen. Ich hatte mal ein Tagebuch mit Schloss geschenkt bekommen. Aber die Schlösser sind ja lächerlich. Die bekommt man mit jeder Haarklammer auf. Ich hatte nämlich mal den Schlüssel verloren und musste mein eigenes Tagebuch aufbrechen. Seitdem ich weiß, wie einfach das ist, schreibe ich nicht mehr hinein. Und außerdem ist das ja vollkommen out. Mein Tagebuch ist im Internet. Das hat ja noch viele andere Vorteile. Manches kann ich meinen Freundinnen zum Lesen geben, manches kann ich ganz für mich behalten und manche Dinge möchte man ja auch gerne mit der ganzen Welt teilen. Vor allem, wenn man sich freut.

Jeden Tag stelle ich kleine Berichte aus meinem Leben ins Netz. Ich schreibe gerne, weil ich mir beim Schreiben Gedanken über meine Gedanken, Gefühle und Stimmungen machen kann. Ich bekomme dann eher heraus, wer ich bin, welche Stimmung ich gerade habe und wie ich mich in Zukunft verhalten will. Ich verziere meine Berichte mit Fotos, Songs oder Videos – je nach Stimmung.

Wenn ich mir heute die alten Berichte, die ich mir eigens ausgedruckt habe, ansehe, werde ich manchmal traurig, denn ich war so naiv. Naiver kann man gar nicht sein. Letzten Endes wäre es einfacher gewesen, wenn meine Mutter das Tagebuch gelesen hätte. Noch besser wäre es gewesen, wenn wir einmal ernsthaft über Cybermobbing gesprochen hätten, zum Beispiel im Religions- bzw. Ethikunterricht.

Schließlich geht es darum, dass sich doch nur im Religionsunterricht die Gelegenheit bietet, mal über das zu sprechen, was gut und was schlecht ist. Unsere Lehrerin weist uns auf so viele Themen hin: Wir sprechen über Abtreibung, über Gentechnik, über Krieg und Kriegsberichterstattung und über Freundschaften. Aber nie, wirklich nie haben wir über Freundschaften und Mobbing in der Community gesprochen. Dabei läuft unser halbes Leben in Communities ab. Ich bin im Gymnasium, und da bleibt nicht viel Zeit für Treffen. Wir verabreden uns eigentlich jeden Nachmittag im Netz. Alle faseln von Moral, und keiner spricht mit uns über Moral, im Internet. Dabei wäre das mal wirklich nötig. Ich meine nicht Nettiquette! Man kann auch mit freundlichen Worten jemanden fertig machen. Ich weiß, wovon ich spreche:

Eines Tages hatte ich wieder einmal einen kleinen Bericht geschrieben – über den Sonntags-Pflichtspaziergang mit meinen Eltern. Manchmal sind diese Spaziergänge nicht so schlimm, denn da ergibt sich die Gelegenheit, aus der Schule zu erzählen. Aber dieser Sonntagsspaziergang war ätzend, weil meine Eltern die ganze Zeit andere Paare trafen und ich nur blöd dabeistand, wenn sie sich begrüßten und drei banale Sätze über das Befinden austauschten. An diesem Sonntagabend schrieb ich hauptsächlich über einen Bekannten und dessen dicken Hund. Er schleifte ihn regelrecht hinter sich her, denn der Bauch des Hundes berührte fast den Boden. Ich beschrieb ihn als Tonne auf vier Beinen. Ich postete diesen Bericht für alle zugänglich. Das war Montag. Am Dienstag war meine Antwortliste bereits auf 10. Ich wunderte mich. Einige

Freundinnen fanden das sehr lustig, was ich geschrieben hatte, einige, vor allem die, die einen eigenen Hund haben, fanden mich gemein. Aber womit ich nicht gerechnet hatte, das waren die Anfeindungen diverser Tierschützer und Tierliebhaber, die sich regelrecht beleidigt fühlten. Am nächsten Tag weitete sich das Drama aus. Reihenweise fielen meine Freundinnen um. Die, die anfangs meine Berichte witzig gefunden hatten, waren plötzlich auf der Seite der Tierschützer. Einige Leute, von denen ich niemals gehört hatte, betitelten mich als Zynikerin (jetzt weiß ich, was das ist) und als herzloses, gnadenloses Wesen. Irgendwie hatte ich da ein paar Leuten auf die Füße getreten, ohne es zu merken. Ich versuchte, mich zu rechtfertigen und verteidigte mich damit, dass man dem Hund doch lieber zu seinem Besten eine Diät angedeihen lassen sollte. Da war ich aber bei manchen Leuten an der ganz falschen Adresse. Jetzt beschimpften mich Personen, die sich mit dem Hund identifizierten und sich zu dick fühlten. Leider waren darunter auch zwei »dicke« Freundinnen. Da ich weder dick noch dünn bin, antwortete ich, ich hätte das nicht so gemeint, das könne man schließlich an meinem Foto sehen. Daraufhin meldeten sich die Magersüchtigen, die fanden, auch mir würde eine Diät gut tun. Ich solle mich mal im Spiegel ansehen. Für ihre Begriffe sei ich ebenfalls eine Tonne auf Beinen. Dann kam der Höhepunkt. Meine beste Freundin – sie wohnt zwei Häuser weiter – behauptete plötzlich, ich hätte ihren Kater vergiftet, weil ich Tiere nicht leiden könne. Man kann sich gar nicht vorstellen, wie sehr mich das traf. Ich liebe Tiere. Ich war so verzweifelt, dass ich nicht mehr wusste, was ich tun sollte. Wie konnte man mich so beschuldigen? Warum wollte man mich fertig machen? Alles aus Spaß, sagte man mir später. War doch nicht ernst gemeint. Stell dich nicht so an.

Generell ist es nicht ganz einfach, zu entscheiden, wann man einer Freundin oder einem Freund mal einen Tipp geben sollte, das Verhalten zu ändern. Es gibt ja wirklich Dinge, die stören oder die lächerlich sind. Aber manche suchen auch einfach nach einer Chance, jemanden fertigzumachen. Nur um sich hinterher toller zu fühlen!

Zu Nik aus meiner Klasse hätte ich zum Beispiel mal was sagen sollen. Ihm, unter vier Augen. Er hatte seine Playmobilspielsachen bei SchülerVZ gepostet: Der Typ hat echt Darth Vader in seine Mittelalterburg gesetzt! Da stand der nun, zusammen mit den Burghühnern, die perfekt nebeneinander arrangiert waren. Und dann hat er auch noch jede Menge Fotos von Kämpfen zwischen Darth Vader und den Rittern abgefeiert. Da dachte ich mir auch, wie peinlich ist das denn! Wie ein Kind. Alle haben sich über ihn lustig gemacht, nicht nur im Netz, sondern auch in der Schule.

Aber damals dachte ich: So ist das halt, irgendwie muss man untereinander doch auch klarmachen, was geht und was echt nicht mehr geht. Eigentlich kann er froh sein, dass er Freunde hat, die ihn darauf aufmerksam machen. So was muss man auch aushalten. Jetzt aber hatte ich wirklich einen Eindruck davon, wie sich das anfühlt. Alle wollten mich fertigmachen, niemand hielt zu mir oder hat mir geholfen. Nicht eine von meinen Freundinnen. Mir kam es echt so vor, als wollten sie mich loswerden. Ich dachte kurz, ich bringe mich um. Es hat mich so getroffen. Man hatte aus einer Maus einen Elefanten gemacht, und dieser Elefant hätte mich fast erdrückt.

Zum Klassenlehrer wollte ich nicht gehen, der sagt immer, Petzen wäre scheiße. Meine Eltern haben auch überhaupt keine Ahnung, was in den Communities läuft, also bin ich zu meiner jüngeren Tante gegangen und habe mit ihr gesprochen. Sie war sich zuerst auch nicht richtig sicher, aber hat schnell verstanden, wo das Problem liegt. Wir haben erst mal gegoogelt und dann auch eine Menge von Infos gefunden. Cyber-Mobbing oder Cyberbullying nennt man das also, was mir da passiert ist, und das Problem haben andere auch. Es haben sich echt schon Mädchen und Jungen deshalb umgebracht.

Wir haben uns ein paar Clips auf klicksafe.de angeschaut und die Texte dazu durchgelesen. Die wichtigste Info dort war, dass man was gegen Cyberbullying unternehmen muss, dass so was selten von allein aufhört. In der Community kann man bestimmte andere UserInnen sperren. Das haben wir dann gleich mal gemacht. Die konnten mich dann nicht mehr anschreiben. Diejenigen, die am fiesesten waren, habe ich bei den Lokalisten gemeldet.

Bei einer Mitschülerin stand dann tatsächlich drei Wochen später die Polizei vor der Tür. Gut, dass meine Tante darauf bestanden hatte, dass wir Beweise sammeln. Die hat die Polizei nämlich gebraucht. Wir hatten jede Menge Screenshots gemacht, Chatprotokolle kopiert, uns die Nicknames aufgeschrieben. O Mann, wenn meine Tante nicht gewesen wäre!

Wir sind als Nächstes zusammen zu den Streitschlichtern bei uns in der Schule gegangen und haben denen mein Problem geschildert. Die wussten auch nicht Bescheid, woher auch. Das sei Stoff der nächsten Fortbildung. Immerhin.

Auf die Communities hatte ich zuerst keine Lust mehr. Drei Monate guckte ich nicht mehr rein. Dann löschte ich mein Profil und legte ein neues an. Zurück auf Start. Jetzt bin ich vorsichtiger. Und meine Freundinnen? Na ja, ich hatte überhaupt kein Vertrauen mehr. Ein paar von ihnen haben sich entschuldigt. Einigen habe ich geglaubt, dass es ihnen leidtut, anderen nicht. Aber ich habe über den Konflikt auch neue Freundinnen und Freunde gefunden.

Auf jeden Fall sollten wir so was mal im Unterricht behandeln und nicht einfach nur über Communities diskutieren. Ich könnte ein paar von den Clips zeigen, die ich im Netz zu dem Thema gefunden habe und zusammen mit den anderen Listen erstellen, auf denen steht, was man tun muss, wenn einem so was passiert.

(Mehr zum Thema Cyber-Mobbing auf Seite 94ff.)

Ich Cedric (14) Mein Thema: Neugier

Ich weiß, ich weiß – meine Mutter hätte es mit Sicherheit gar nicht gut gefunden, wenn sie das gewusst hätte. Aber was soll's, ich fand es nun einmal spannend. Jetzt bin ich im Hockeyverein und habe einfach keine Zeit mehr für so was. Zweimal die Woche Training. Wenn ich heimkomme, falle ich aufs Sofa und schlafe ein, bevor meine Mutter nach Hause kommt. Aber noch vor ein paar Monaten war das anders. Jeden Nachmittag ging ich auf Seiten, die angeblich nichts für mein Alter sind: »schmutzige« Seiten.

In meinem Zimmer steht ein PC mit Internetanschluss. Meine Mutter ist selten daheim, und selbst wenn sie da ist, guckt sie fast nie zu mir herein. Und wenn schon, ich hatte immer parallel zu meinen »schmutzigen« Seiten eine Seite mit harmlosen Flashgames offen. Wenn ich jemanden an der Tür hörte, clickte ich einfach auf diese Seite. Meine Mutter blickt so was nicht. Am liebsten sah ich Pornoseiten. Das erste Mal kam ich durch Zufall auf eine solche. Da hatte ich was zum Thema Hausschwein für die Schule gesucht und war durch Zufall auf einer Erotikseite gelandet. Ich war mir nicht ganz sicher, ob ich mir das alles ansehen wollte, aber dann habe ich mir gesagt, dass ich schließlich Bescheid wissen muss. Es könnte ja sein, dass ich mal ein Mädchen kennenlerne, das so richtig rangeht. Und wenn ich mich dann wie ein Anfänger verhalte, mache ich mich lächerlich. Ich sah mir so Stellungen an und wunderte mich, was Frauen alles machen. Sie bestanden nur aus Löchern und Luftballonbrüsten. Seit diesem ersten Mal ließen mich die Seiten nicht mehr los. Ich suchte immer schärfere Bilder. Meine Mutter konnte ich mir so nicht vorstellen. Was tat sie bloß im Bett, wenn ihr Freund bei uns übernachtete? War sie genauso eine Schlampe wie alle anderen? Sie hat mich richtig angeekelt. Wie soll man vor so jemanden Respekt haben? Ich wollte mir von ihr nichts mehr sagen lassen. Jeden Nachmittag surfte ich herum, und am Vormittag fantasierte ich vor mich hin. Wenn ich Mädchen aus meiner Klasse ansah, stellte ich mir immer vor, was ich mit ihnen sexuell machen könnte. Ich war wie besessen.

Meine Freunde waren ganz anders drauf. Nur einem hatte ich davon erzählt, aber er fand mich komisch. Deshalb chattete ich lieber mit einem Freund, den ich über eine Community gefunden hatte. Er war wahrscheinlich schon älter, obwohl er sagte, er sei noch keine 16. Wir frozzelten manchmal ganz schön über Mädels. Er war super verständnisvoll und nett zu mir. Ich konnte ihm alles erzählen, wie ich mich gerade fühlte und was ich gerade tat. Ich fand das toll, dass sich jemand, der älter ist, so für mich interessierte. Er wollte auch nie mit mir skypen oder mich treffen. Aber er machte mich manchmal heiß, und ich war auch etwas verliebt in ihn.

Eines Tages kam dann ein Schulfreund auf mich zu und fragte, ob ich nicht in seine Mannschaft wolle. Sie bräuchten einen wie mich, einen, der groß ist und ein bisschen männlich wirkt. Das würde dem Gegner Angst einflößen. Und seit ich da mitspiele, interessiert mich der andere Kram nicht mehr. Anfangs linste ich noch ein wenig beim Duschen zu den anderen. Aber nachdem einer fragte: »Bist du schwul oder was?«, habe ich es gelassen. Sie sind sowieso nicht so weit wie ich. Nur der Freund aus der Community ließ nicht locker. Er beschimpfte mich in der Community und verstand leider gar nicht, dass ich jetzt lieber Hockey spiele. Ist mir jetzt auch egal. Ich habe viele neue Freunde. Und wenn ich später mal ein Mädchen treffe, das ich mag (die Schwester meines Schulfreundes hat wunderschöne Augen!), dann habe ich hoffentlich alles, was ich mal zum Thema Sex gesehen habe, wieder vergessen.

Vielleicht wäre es in der »härtesten« Zeit ganz gut gewesen, mit jemandem zu sprechen. Aber mit wem? Wer vertraut schon seine geheimen Wünsche und Nöte einem anderen Menschen an? Aber noch bevor mich mein Freund zum Hockey überredete, habe ich von irgendwem gehört, dass es im Internet auch individuelle Beratung gibt. Unter www.kids-hotline.de loggte ich mich ein und fragte alles, was ich wissen wollte. Dort habe ich auch erfahren, wie und warum Sexfilme hergestellt werden. Es gibt tatsächlich eine Menge Leute, die für solche Filme sehr viel Geld ausgeben. Das ist halt ein Markt, wo die Produzenten von solchen Filmen auch viel Geld verdienen können. Bei den »Schauspielerinnen und Schauspielern« bleibt dabei nicht viel hängen. Oft werden wohl gerade die Frauen dazu gezwungen oder machen das, weil sie ein bisschen Geld zum Überleben brauchen. Wundert einen so gesehen dann auch nicht mehr, was die alles mit sich machen lassen. Wahrscheinlich machen das auch die meisten anderen Menschen nicht so hart. Vieles von dem, was man dort sehen kann, ist in Deutschland tatsächlich auch illegal. Was ich gar nicht geahnt hatte, ist, dass die Betreiber von solchen Seiten auch Protokolle darüber führen, wer auf den Seiten surft. Zu Hause an meinem PC habe ich den Pornomodus eingestellt. Da wird der Surfverlauf immer schön gelöscht, wenn ich den Browser zumache. Aber auf den Servern mit den Pornos kann die Adresse meines Computers gespeichert werden. Eigentlich gut zu wissen, aber ich bin da jetzt eh nur noch ganz selten unterwegs und wenn, dann schaue ich mir harmloses Zeug an. Von den anderen Sachen lasse ich jetzt lieber die Finger. Die Sachen dort waren schon crazy, aber es ist ja alles gut gegangen. Mit meiner Mutter geht es übrigens auch wieder besser.

elke reichart

Schulfreunde

»Liebe Frau Buhrmester«, stand auf der Karte mit den Glückskäferchen, »das Jahr mit Ihnen war für uns eine sehr große Freude. Wir wünschen Ihnen viel Glück und Erfolg auf der neuen Schule.« Dazu gab es zum Abschied von der 10. Klasse einen Strauß Blumen für die Lehrerin. Und von einigen der Teenager noch ein ganz besonderes Geschenk – die Freundschaftsanfrage: »Können wir Ihre Facebook-Adresse haben?« Die junge Lehrerin gab ihren Code-Namen weiter und hat seither ein paar Kontakte mehr auf ihrem Facebook-Account. Sie erfährt von neuen Lieben und alten Problemen, und manchmal bekommt sie auch Hilferufe ihrer ehemaligen Schüler, meist am Wochenende: »Wir müssen bis Montag eine Lyrik-Analyse abliefern! Frau Buhrmester! Können Sie helfen?« Dann schreibt die 28-Jährige zurück: »Deutschbuch Seite 39, Grundwissen!! Habt Ihr denn alles vergessen, was ich Euch beigebracht habe?« Aber der Ärger ist nur gespielt – die Freude über die Chat-Freunde überwiegt.

Die Schüler der Gymnasiallehrerin sind mit dem Internet aufgewachsen, sind »Digital Natives«. Katharina Buhrmester selbst ging erst mit 18 Jahren ins Netz, heute gehört der Laptop ganz selbstverständlich in ihre Mappe und die Internet-Recherche zum Unterrichtsstoff. Strenge ist trotzdem geboten: Keine Rechtschreibprogramme zum Beispiel. »Außerdem werde ich immer misstrauisch, wenn die Schüler mich mit unschuldi-

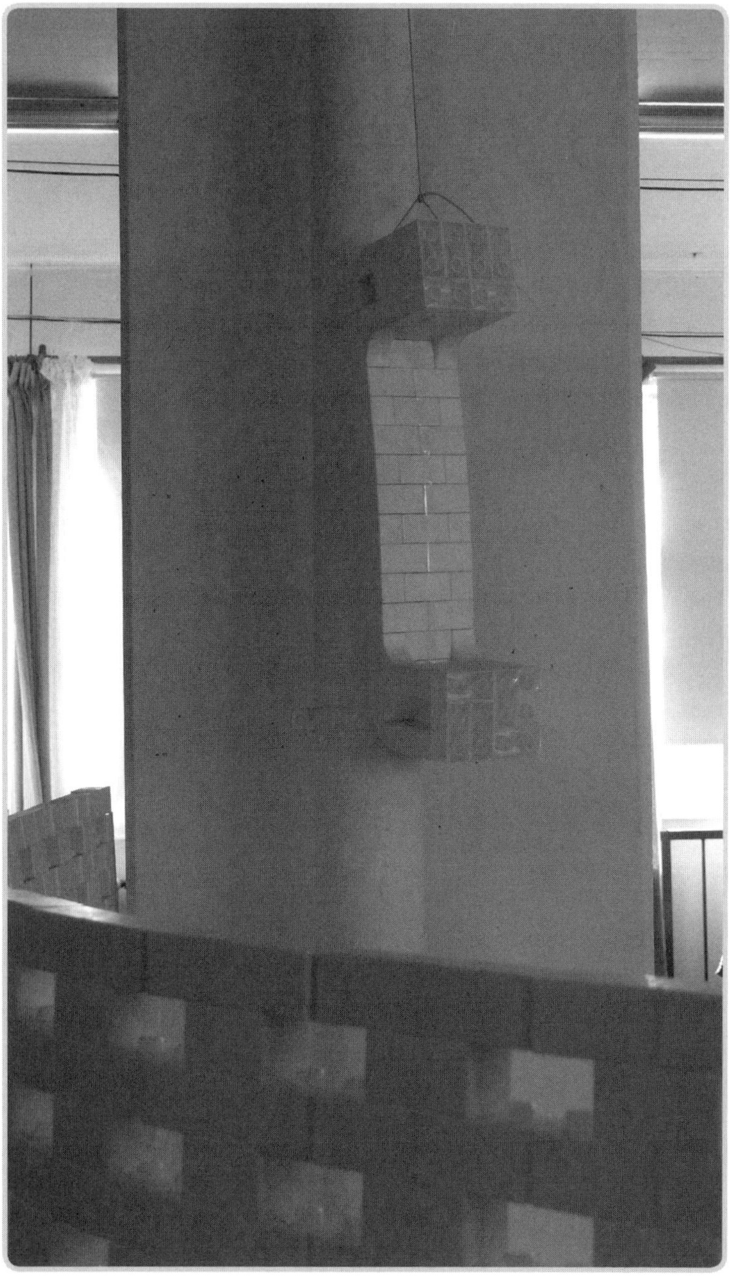

gem Blick anschauen, die Hände im Schoß gefaltet.« Wenn sie dann auffordernd die Hand aufhält, bekommt sie fast immer ein Handy hineingelegt. »Ich will das nicht!«, schimpft Katharina Buhrmester dann, »ich habe hier einen schönen Unterricht für dich vorbereitet, da ist es doch wohl selbstverständlich, dass du aufpasst.« Keine Diskussion.
Bis auf das eine Mal, in einer sechsten Klasse. Mitten in einer sehr konzentrierten Unterrichtsphase klingelte ein Handy, noch dazu mit extrem penetrantem Klingelton. Strenge Ermahnung. Zwei Minuten später klingelte es wieder, und gleich darauf noch einmal. »Schluss, aus jetzt! Das Handy kommt in den Schultresor und deine Mutter kann es abholen.« Der Schüler brach in Tränen aus und war nicht wieder zu beruhigen. Die Lehrerin wunderte sich – er war doch sonst nicht so zart besaitet? Er schluchzte vor sich hin. Sie nahm sich den Schülerbogen vor, um den Vorfall einzutragen – und plötzlich fiel ihr auf, dass der Missetäter am Sonntag zuvor 12. Geburtstag gehabt hatte. »Sag mal«, sie nahm ihn zur Seite, »hast du das Handy grad erst geschenkt bekommen?« Er nickte, tief betrübt: »Ich wollte es meinen Freunden zeigen … und nun habe ich keine Ahnung, wie man das Ding ausstellt.« Großes Aufseufzen. Katharina Buhrmester beschloss, ausnahmsweise einmal über ihren Schatten zu springen und gab ihm das komplizierte Geschenk zurück.

Ende der Erzählungen aus dem Klassenzimmer, Katharina Buhrmester zieht ihren Mantel an und schlingt sich einen Schal um den Hals, in warmen Braun-, Gelb- und Orangetönen.
Sie lacht: »Irgendwann stand in Facebook die Frage meiner Ex-Schüler: Warum immer diese schwarzen Schals, liebe Frau Buhrmester? Ziehen Sie doch auch mal etwas Buntes an! Also, warum nicht? Ich bin ja noch lernfähig.«

Viten

Lukas Adda, geboren 1978 in der ehemaligen Tschechoslowakei, absolvierte nach seiner Schulzeit eine Ausbildung zum Hotelfachmann in einem Fünfsterne-Hotel. Seine digitale Laufbahn begann er als PR- und später als Social Media Berater in einer großen Münchner Werbeagentur. Seit 2011 ist Lukas als selbstständiger »Digital Guide« für seine Kunden (Agenturen und Marken) in allen Bereichen der New Media Kommunikation (www.thedigitalguide.net) tätig.

Patrick Durner, geboren in Baden-Württemberg, leitet seit 2010 das »exZess« – Kompetenzzentrum für Suchtprävention des Prop. e.V., einem Verein für Sucht- und Jugendhilfe und Prävention in Freising/Bayern. Ein wichtiger Bestandteil seiner Arbeit ist neben den Gesprächen mit Jugendlichen die Gestaltung von Fachvorträgen und Workshops für pädagogische Fachkräfte. Im bundesweiten Fachverband setzt er sich aktiv für die Anerkennung der Mediensucht als eigenständige Problematik ein. (www.prop-ev.de/freising)

Johannes Boie, Redakteur bei der Süddeutschen Zeitung, schreibt über das gesamte Spektrum des digitalen Wandels: aus politischer, gesellschaftlicher und technischer Perspektive. Boie kommt aus der Nähe von Stuttgart und hat in Berlin Geschichte und Publizistik studiert. Als Stipendiat des Arthur-F-Burns-Programms arbeitete er unter anderem für die *Los Angeles Times*, während seiner Studienzeit als Werbetexter und freier Journalist für Spiegel Online, den Tagesspiegel und die Jüdische Allgemeine.

Dominik Orth, geboren 1978 in der Schweiz, studierte an der Universität Zürich Sozial- und Wirtschaftspsychologie und in einem Nebenfach Kriminologie mit dem Schwerpunkt Internet-Delinquenz. Die Studie »Facebookless – meine Monate ohne Facebook« entstand während seiner Zeit als Zielgruppenforscher bei einer renommierten Schweizer Werbeagentur. Momentan arbeitet Orth als Brand Consultant und selbstständiger Fotograf. (ORTHart Photography, www.orth.ch)

Marco Fileccia ist Oberstudienrat am Elsa-Brandström-Gymnasium in Oberhausen, Nordrhein-Westfalen. Er hat jahrzehntelange Erfahrung mit schulischen Medienprojekten und Lehrerfortbildungen für Kooperatives Lernen und Digitale Medien. Zum Thema »Cybermobbing« erschien von ihm eine Veröffentlichung bei der Initiative Klicksafe.de der Europäischen Union. Seit 2011 betreut Fileccia das Pilotprojekt »Medienscouts NRW« in Kooperation mit der Uni Duisburg-Essen.

Caroline Kikisch, geboren 1980, lebt und arbeitet in Hamburg. Sie hat Kultur- und Sozialwissenschaften studiert und forscht zu den Themen Arbeit und soziale Beziehungen.

Elena Margulis, geboren 1988 in Kiew/Ukraine, kam 1995 mit ihren Eltern nach Bayern. Über diese Erfahrungen hat sie in dem Buch »Deutschland, gefühlte Heimat« von Elke Reichart (dtv 62496) geschrieben. Elena Margulis, die in Wien Internationale Betriebswirtschaftslehre studiert, Drehbücher schreibt und Münchner Poetry-Slam-Meisterin war, ist seit 2006 Mitglied bei Facebook.

Das JFF-Team: Kathrin Demmler, **Dr. Ida Pöttinger** und Sebastian Ring gehören dem Team des JFF an, des Münchner Institutes für Medienpädagogik in Forschung und Praxis. Es wurde 1949 gegründet und befasst sich seither in Forschung und pädagogischer Praxis mit dem Medienumgang der heranwachsenden Generation.

Lucas Benjamin Behrendt, geboren 1992, besuchte bis zum Abitur im Mai 2011 das Oskar-von-Miller-Gymnasium in München. Schon während der Schulzeit war er bei einem Versicherungsmakler angestellt – im Backoffice und für EDV Support mit Entwicklung in der Datenbank. In seinem Lebenslauf steht unter Qualifikationen neben Englisch und Italienisch »gute EDV-Kenntnisse in allen geläufigen Programmen«. Seine – eher computer-fernen – Hobbys: Lesen und Volleyball, Fußball und Segeln.

Hilfen im Netz – Nützliche Links

Es ist offensichtlich, dass Jugendliche allein dadurch, dass sie »Digital Natives« sind, einen großen Vorsprung an Web 2.0-Wissen gegenüber den Erwachsenen haben. In vielen Schulen Deutschlands gibt es bereits »Medienscouts«, die in einem peer-to-peer-Programm arbeiten. Das bedeutet, dass Schülerinnen und Schüler ihr mediales Fachwissen an andere Mitschülerinnen und Mitschüler sowie auch an Lehrkräfte weitergeben. Das kann in Kursen sein oder auch direkt im Unterricht. Gerade mit diesen Programmen werden Schüler erreicht, die sich sonst wenig in der Schule engagieren.

www.schuelermedienmentoren.de
http://medienscouts.rlp.de
www.school-meets-media.de

Thema Mediensucht:

www.aktiv-gegen-mediensucht.de
www.fv-medienabhängigkeit.de
www.stiftung-medienundlinesucht.de
www.mediensucht-bayern.de
www.klicksafe.de
www.bundespruefstelle.de

Thema Cybermobbing:

www.schau-hin.info (für Eltern mit Kindern)
www.klicksafe.de
www.kinderundjugendtelefon.de – die bekannte »Nummer gegen Kummer«
www.jugendinfo.de
www.tk.de/tk/kinder-jugendliche-und-familie/gewalt-gegen-kinder/cybermobbing/343730 – Forsa-Umfrage zu Cyber-

Mobbing im Auftrag der Techniker Krankenkasse aus dem Jahr 2011. Demnach waren 36 Prozent der befragten Jugendlichen zwischen 14 und 20 Jahren in Nordrhein-Westfalen bereits einmal Opfer einer Cyber-Mobbing-Attacke. Jeder fünfte Schüler wurde im Internet oder per Handy direkt bedroht oder beleidigt. Jeder Sechste litt unter Verleumdungen und bei 11 Prozent kam es zu Missbrauch durch Internetidentität.

Zur Prävention:

www.spass-oder-gewalt.de
www.Loveline.de

Empfehlung der JFF:

www.webhelm.de – die Werkstatt-Community für Daten, Rechte, Persönlichkeit (multimedial aufbereitete Infomaterialien zu den Themen Datenschutz, Persönlichkeitsrechte, Urheberrecht und Mobbing im Web 2.0)
www.netzcheckers.de – das Netzportal für digitale Kultur
www.handysektor.de – Sicherheit in mobilen Netzen
www.LizzyNet.de – Portal für aktive und kreative Mädchen

Fotos: © Doris Katharina Künster.
Außer Seiten 3, 28, 94, 118, 162, 176, 186, 214: Privat